COLLECTION
FOLIO BILINGUE

Miguel de Cervantes

El amante liberal

L'amant généreux

Traduit de l'espagnol,
préfacé et annoté
par Gabriel Iaculli

Traduction inédite

Gallimard

L'amant généreux est une nouvelle extraite des *Nouvelles exemplaires*.

PRÉFACE

Avant de considérer le caractère autobiographique de L'amant généreux *et sa dimension éthique, rappelons que l'intérêt qu'ils peuvent revêtir vient du vif-argent alchimique qu'est l'écriture, par laquelle s'opère la transmutation du vécu et de ses leçons. S'il est relativement aisé et souvent plaisant d'établir les rapports entre ce que vécut Miguel de Cervantes et ce qu'il fit éprouver aux protagonistes de ce court roman, vouloir cerner le caractère édifiant de cette œuvre, à plus de trois siècles de distance, est d'autant moins simple que les intentions déclarées de l'écrivain, en présentant ses* Nouvelles *au lecteur* [1], *loin de s'imposer comme une évidence, se surajoutent à la matière des textes comme un cadre au tableau. Certes, Cervantes n'était pas tendre à l'égard des travers de ses contemporains, et* Le colloque des chiens, *où ces braves animaux dénoncent les turpitudes de leurs divers maîtres avec une allégresse impitoyable qui*

1. « Si tu y regardes bien, il n'en est aucune dont on ne puisse tirer quelque profitable exemple ; et si je ne craignais d'allonger mon discours, je te montrerais le fruit honnête et savoureux que l'on pourrait tirer de toutes ensemble et de chacune en particulier. »

fait songer à Chaucer mais aussi à Voltaire, le montre bien ; certes il nourrissait un idéal de la relation amoureuse que l'on retrouve dans la plupart de ces courts romans ; mais il ne faut cependant pas être grand clerc pour constater que la plupart de ces Nouvelles *ne sont pas éminemment morales. La densité qui caractérise les œuvres ayant survécu à l'épreuve du temps et qu'il convient de distinguer de celles qui ont acquis une densité par leur ancienneté (c'est le cas de nombreux romans grecs et latins, et encore des romans byzantins, comme ces* Aventures d'Hysminias et d'Hysminè *d'Eustathe Makrembolitès, qui présentent bien des ressemblances avec* L'amant généreux, *mais ce n'est pas celui du* Satyricon, *entre autres) s'accompagne souvent d'un désordre qui résiste à l'analyse. Nous nous bornerons ici à examiner les sentiments pour le moins singuliers qui unissent Ricardo et Leonisa, protagonistes de l'œuvre, après avoir brièvement évoqué le contexte dans lequel se déroulent leurs aventures.*

Miguel de Cervantes a été capturé par les pirates barbaresques et emprisonné à Alger pendant cinq ans. Cette expérience, il l'a retracée dès 1582 dans La vie à Alger *;* L'amant généreux *demeure toutefois, dans son œuvre ultérieure, l'empreinte la plus nette de ces événements. Des corsaires, il y en avait alors, c'est-à-dire pendant ces années 1570-1580, de toutes les nationalités ; et tous étaient aussi avides de gain que cruels ; toutefois, lorsqu'il évoque, dans* L'Espagnole anglaise, *le sac de Cadix par le comte d'Essex en 1596, Cervantes se montre nettement moins impitoyable dans son jugement des cor-*

saires anglais que dans celui des pirates barbaresques de L'amant généreux, *qui razziaient les côtes de la Méditerranée grâce au soutien de la Porte, au profit du sultan; avec eux, point de conciliation possible ; tous les moyens sont bons ; il faut employer la ruse et la force, ce dont Ricardo, le héros de cette* Nouvelle, *ne se privera pas, et Cervantes ne manque pas non plus d'y évoquer avec une évidente satisfaction l'expédition de Charles Quint à La Goulette contre Barberousse, l'homme de main de Soliman le Magnifique. Ces pirates sévissaient surtout sur la route des comptoirs vénitiens, derniers bastions de l'Occident latin face à l'expansion ottomane. Venise, principale bénéficiaire du commerce avec l'Orient dès le* XIII*e siècle, avait construit les forts de Corfou dont il sera ici question, ceux de Zante, de Cerigo (Cythère) et de Candie (Crète), et les murailles de Nicosie, à Chypre, décor sur lequel le rideau se lève.*

Tout commence en effet par un lamento qu'une voix encore anonyme adresse aux ruines de Nicosie. Cette voix est celle d'un captif qui compare son sort malheureux à celui des murailles détruites, en soulignant que si ces ruines peuvent être relevées, les heures où l'homme est voué au malheur, en revanche, sont sans retour. Ce sentiment de l'irrémédiable éclaire les tentatives de fuite de Cervantes, prisonnier à Alger. On sait qu'il y en eut au moins quatre, avant l'intervention des frères trinitaires qui le rachetèrent. Ce prologue est d'autant plus remarquable qu'il ne suit l'usage alors en vigueur, consistant à représenter les puissances suprêmes qui régissent la fragilité humaine : le temps, la fortune et l'amour, que pour donner plus de relief à une désespérance qui est bien davantage qu'un souvenir de captivité. Tout en y annonçant le drame qui va suivre, Cervantes condense en ces quelques lignes l'aventure d'une vie. En s'adressant à Nicosie, son porte-parole, Ricardo, soulève un coin du voile. Les horreurs qui marquèrent la chute de la ville, le 9 septembre 1570, furent telles que Pie V appela à une nouvelle croisade. L'Empire et Venise formèrent la Sainte Ligue et écrasèrent la flotte musulmane à Lépante. C'est au cours de cette bataille que Miguel de Cervantes, à bord de la galère Marquesa, *fut blessé à la poitrine et au bras gauche, qui dut être amputé. Mais ni la déroute de leur flotte ni le savant* Vœu à Vénus pour garder Chypre de l'armée des Turcs *qu'écrivit alors Ronsard (*Idalienne, Amathonte, Erycine / défens des Turcs, Cypre ton beau séjour*) ne suffirent à arrêter les troupes ottomanes qui s'emparèrent en 1571 de la forteresse chypriote de Famagouste. Après avoir été soigné à Messine, Cervantes rejoignit les troupes de don Manuel Ponce de León, qu'il accompagna en 1572 et 1573 en Sardaigne, puis en Lombardie et à Naples ; on retrouve en Ricardo quelque chose de la ténacité dont son créateur fit preuve dans son adhésion à la gloire de l'Empire, dans son hostilité contre les Turcs et dans ses autres convictions sans doute, si l'on en juge par les acharnements singuliers de don Quichotte, en qui Cervantes semble se divertir de ses travers, puisque, comme nous le rappelle Leo Spitzer dans* Perspectivismo lingüístico en el Quijote (Lingüística e historia literaria, *Madrid, Gredos, 1974*), *« le véritable héros du roman, c'est Cer-*

vantes en personne, l'artiste qui, avec la plus grande liberté, combine l'art de l'épilogue [au premier sens du terme, qui est la critique] à celui de l'illusion [la fiction] ». De Naples, en 1575, Cervantes repart pour l'Espagne, à bord de la galère Sol *qui, pendant la traversée, est attaquée par des pirates turcs. C'est ainsi qu'il se retrouve captif, à Alger. Captif, le protagoniste de cette histoire, Ricardo, l'est aussi lorsqu'il adresse sa plainte aux ruines de Nicosie, qui sont précisément les témoins de l'événement qui détermina l'entrée dans la carrière de son créateur.*

Mais dans la trame subtile qui mêle intimement l'« épilogue » à l'« illusion » se détache un motif qui éclaire à la fois le processus considéré et l'éthique cervantine. Lorsque Ricardo comprend qu'il a un rival, que sa chère Leonisa lui préfère, il va adresser à sa bien-aimée un avertissement solennel que l'on verrait mieux dans la bouche d'un barbon furieux que dans celle d'un jeune homme inexpérimenté comme Ricardo : « Crois-tu que ce jeunet [...] veuille, puisse et sache se montrer constant, apprécier ce qui est sans prix, avoir la connaissance qu'apportent les années et l'expérience ? » Il est clair que Cervantes ne se contente pas ici de prêter sa voix à son alter ego, mais qu'il l'évacue pour se substituer à lui. Nous ne possédons pas suffisamment d'informations sur sa rupture avec Ana Villafranca de Rojas, dont il eut une fille, Isabel de Saavedra, en 1583, et sur les conditions de son mariage, en 1584, avec Catalina Palacios Salazar, dont l'indépendance et la conduite provoquèrent quelque scandale pour deviner ce qui suscita la charge contre le pauvre Cornelio : « ... coiffe et boucle les cheveux de ton nouveau Ganymède qui tièdement te sollicite, achève de te livrer aux années rebelles de ce jeunet que tu favorises... » Mais enfin, l'opposition est nette, entre le jeune homme délicat qui doit ses bonnes fortunes à sa grâce et à sa délicatesse teintée d'indifférence, sorte de précieux avant l'heure, et l'homme fait, entreprenant, qui n'hésite pas à prendre les armes, et dont la hardiesse est reçue comme de la rudesse par la belle Leonisa. Il y a plus, ici, qu'une simple défense de l'homme de valeur d'âge mûr face à la grâce et à l'inconstance de la jeunesse. La générosité dont le premier fera preuve démontrera que le courage et les vertus viriles, l'ardeur du sentiment et la fidélité qui font l'amant véritable, poussés jusqu'à l'abnégation, révèlent une délicatesse plus profonde que celle qui se donne d'emblée comme telle. La leçon de L'amant généreux *s'adresse à la dame. Et pourtant, la dame adresse aussi une leçon à l'amant, comme nous allons le voir.*

Cette lecture suffit peut-être à illustrer ce qu'Edward C. Riley, dans sa Teoría de la novela en Cervantes *(Madrid, Taurus, 1972), appelle « la plus importante contribution [de Cervantes] à la théorie narrative, fondée sur l'idée que "le roman doit surgir du matériel historique de l'expérience quotidienne, pour peu qu'il se rattache aux grandeurs enchantées de la poésie" ». La confiance entre les amants est le thème de prédilection des* Nouvelles exemplaires. *On le trouve dans* La petite gitane, *où Preciosa impose à Andrés une épreuve pour jauger la profondeur des sentiments qu'il lui déclare ;*

dans L'Espagnole anglaise, *où l'amour que Ricaredo éprouve pour Isabela devra traverser les épreuves de la jalousie, du défigurement de son aimée et du temps ; dans* La force du sang, *où un jeune gentilhomme parviendra, grâce à l'amour qu'elle éveille en lui lorsqu'il la retrouve, à faire oublier sa faute à celle qu'il a violée ; ce thème est encore présent, sous diverses formes, dans* Le jaloux d'Estrémadure, L'illustre servante, Les deux jeunes filles *et* Madame Cornelia. *Ce thème lié à l'image de la dame des romans de chevalerie, que met en évidence, sous la parodie, la figure de Dulcinée du* Don Quichotte, *ne semble pas être pour Cervantes un simple prétexte, mais au contraire le passionner, comme si, à ses yeux, la soumission du chevalier à la dame posait un problème auquel il lui fallait répondre et comme si, à chaque fois, ses héros dépassaient en quelque sorte leur ou son but, et le forçaient à recommencer; et en effet, dans toutes les* Nouvelles *que nous venons de citer, les obstacles qui entravent la foi des amants sont surmontés, mais l'obstacle suprême à la confiance spontanée ne peut l'être, et pour cause : l'absolue confiance demeure un idéal inaccessible. Pourtant, aux peintures toujours incomplètes de l'art d'aimer, Cervantes va ajouter bien des choses, entre autres, avec le* Quichotte, *l'autodérision.* L'amant généreux *n'apporte rien d'aussi corrosif, mais sa figure ultime, on va le voir, est très proche d'une idée contemporaine qui n'a pas achevé sa trajectoire.*

L'amant *se distingue des autres* Nouvelles *en ce que l'aimée, d'emblée, en aime un autre. Ricardo est tout d'abord fou de jalousie, de rage ; on vient de lire deux extraits de la leçon qu'il tient à sa dame, aimablement appelée : « Toi, l'ennemie mortelle de mon repos » ; il ne se montre pas plus tendre envers Leonisa qu'envers son rival. Lorsqu'il retrouve l'ingrate bien-aimée après l'avoir crue morte, noyée au cours d'une tempête dont la vision est d'une envergure et d'un mouvement préromantiques* [1]*, celle-ci lui adresse une phrase sublime qui la rend à l'empyrée des grands modèles : « Je ne veux pas que tu puisses dire que tu as obtenu dans la captivité ce que je t'ai refusé étant libre. » Et elle lui propose un pacte : elle aura plaisir à le voir, aussi longtemps qu'il ne l'importunera pas en lui parlant de ses sentiments. L'épée est posée entre Lancelot et Guenièvre. Notre preux Ricardo relève le défi. Cette fois, Cervantes va surenchérir sur tout modèle : puisque Leonisa ne consent à le voir avec plaisir qu'au prix du sacrifice de l'élan qui le porte vers elle, élan dont la sensualité éclate dans l'une des invectives qu'il lui adresse* [2]*, Ricardo va porter son sacrifice à l'extrême, ou plutôt à ses ultimes conséquences. En grand appareil, nos héros entrent en scène ; le décor est celui du port de Trapani, le plateau est couvert de figurants ; tous deux baisent le sol de leur terre natale, et Ricardo déclare publiquement qu'il renonce à Leonisa au profit de Cornelio, qu'il offre à la jeune fille tous ses biens, puisque sans elle, pour lui, tout n'est plus*

1. « Je scrutais les vagues démontées qui déferlaient sur le vaisseau et sur ma tête dans l'espoir qu'elles m'apporteraient le corps de l'infortunée Leonisa. »

2. « Mais poursuis, cruelle [...], et de ton lierre enchevêtre le tronc qui tend vainement vers toi. »

qu'ombre. Mais il s'interrompt aussitôt, se rétracte en s'écriant : « Quel droit ai-je sur Leonisa pour la donner à un autre ? Ou plutôt, comment puis-je offrir ce qui est si loin d'être à moi ? Leonisa s'appartient... » À ces mots, Leonisa déclare que s'il le veut bien, elle sera à jamais sienne. Nous sommes à des lieues, on le voit, des impeccables démonstrations du roman psychologique qui sonde les grands conflits entre passion et raison, devoir et sentiment ; nous sommes plus près des clartés fulgurantes qui illuminent les tragédies de Shakespeare, les œuvres des romantiques et les quelques romans modernes où l'on trouve la densité dont nous parlions tout à l'heure. Loin de présenter une progression linéaire jusqu'à la résolution du conflit intérieur des protagonistes, la construction de L'amant généreux *opère par bonds, occultations et révélations, fait une large part à l'ellipse et à l'incident et rejoint, quand Ricardo, après avoir tout risqué pour toucher Leonisa, renonce à elle, et qu'elle lui accorde tout ce qu'elle lui a toujours refusé parce qu'il renonce même à l'idée de renoncer à celle qui n'a jamais appartenu qu'à elle-même, l'hypothèse contemporaine selon laquelle rien n'est accompli qui n'ait admis son inaccomplissement.*

Gabriel Iaculli

El amante liberal
L'amant généreux

– ¡Oh lamentables ruinas de la desdichada Nicosia, apenas enjutas de la sangre de vuestros valerosos y mal afortunados defensores! Si como carecéis de sentido, le tuviérades ahora, en esta soledad donde estamos, pudiéramos lamentar juntas nuestras desgracias, y quizá el haber hallado compañía en ellas aliviara nuestro tormento. Esta esperanza os puede haber quedado, ¡mal derribados torreones!, que otra vez, aunque no para tan justa defensa como la en que os derribaron, os podéis ver levantados. Mas yo, desdichado, ¿qué bien podré esperar en la miserable estrecheza en que me hallo, aunque vuelva al estado en que estaba antes deste en que me veo? Tal es mi desdicha, que en la libertad

« Ô ruines lamentables de la malheureuse Nicosie [1], à peine sèches du sang de vos valeureux et infortunés défenseurs ! Si le sentiment dont vous êtes dépourvues vous était donné à cette heure, nous pourrions, dans notre isolement, déplorer de concert nos malheurs et ayant en eux trouvé une compagnie, alléger peut-être notre tourment. Vous, bastions iniquement détruits, vous pouvez peut-être conserver quelque espoir d'être un jour relevés, pour la défense d'une cause moins noble que celle pour laquelle vous fûtes abattus. Mais moi, pauvre de moi, que pourrais-je attendre du misérable état où je me vois réduit, et même d'un retour à ce que je fus avant d'être ce que je suis ? Mon infortune est telle que, libre,

1. Les Turcs envahirent Chypre en juillet 1570 ; en septembre, Nicosie tomba entre leurs mains après quarante-deux jours de siège. La ville fut livrée au pillage pendant trois jours ; les hommes valides furent massacrés, les enfants vendus comme esclaves, les femmes allèrent grossir les harems des pachas.

fui sin ventura, y en el cautiverio, ni la tengo ni la espero.

Estas razones decía un cautivo cristiano, mirando desde un recuesto las murallas derribadas de la ya perdida Nicosia, y así hablaba con ellas, y hacía comparación de sus miserias a las suyas, como si ellas fueran capaces de entenderle; propia condición de afligidos que, llevados de sus imaginaciones, hacen y dicen cosas ajenas de toda razón y buen discurso.

En esto salió de un pabellón o tienda, de cuatro que estaban en aquella campaña puestas, un turco, mancebo de muy buena disposición y gallardía, y llegándose al cristiano le dijo :

– Apostaría yo, Ricardo amigo, que te traen por estos lugares tus continuos pensamientos.

– Sí traen–respondió Ricardo, que éste era el nombre del cautivo–; mas ¿qué aprovecha si en ninguna parte a do voy hallo tregua ni descanso en ellos, antes me los han acrecentado estas ruinas que desde aquí se descubren?

– Por las de Nicosia dirás–dijo el turco.

– Pues ¿por cuáles quieres que [lo] diga–repitió Ricardo–, si no hay otras que a los ojos por aquí se ofrezcan?

je ne connus pas la félicité, et qu'en captivité je ne la puis connaître ni même espérer.»

Ces propos étaient ceux d'un captif chrétien qui, regardant d'une hauteur les remparts détruits de Nicosie vaincue, s'adressait à eux de la sorte et comparait ses misères aux leurs, comme s'ils eussent pu le comprendre; l'état des affligés est tel qu'emportés par leurs imaginations, ils font et disent des choses étrangères à toute raison et au raisonnement juste [1].

Alors sortit d'un pavillon, l'une des quatre tentes de campagne que l'on avait dressées en ces parages, un Turc, jeune homme de noble prestance et gracieux qui dit au chrétien, en s'approchant de lui :

«Je gagerais, ami Ricardo, que les pensées qui ne te quittent point t'amènent en cet endroit.

— Elles m'amènent, en effet, répondit Ricardo — ainsi s'appelait le captif —, mais à quoi bon, puisque où que je puisse aller, je ne trouve en elles aucun repos, et moins encore à la vue de ces ruines qui d'ici se découvrent?

— Est-ce à celles de Nicosie que tu penses? s'enquit le Turc.

— Et auxquelles pourrais-je penser, répondit Ricardo, quand il n'en est point d'autres qui s'offrent ici au regard?

1. *Y buen discurso :* le *Diccionario de Autoridades* (désormais *D. de A.)*, citant Cervantes, précise : *Acto de la faculdad discursiva. Es la tercera operación del entendimiento.*

– Bien tendrás que llorar –replicó el turco–, si en esas contemplaciones entras; porque los que vieron habrá dos años a esta nombrada y rica isla de Chipre en su tranquilidad y sosiego, gozando sus moradores en ella de todo aquello que la felicidad humana puede conceder a los hombres, y ahora los ve o contempla, o desterrados della o en ella cautivos y miserables, ¿cómo podrá dejar de no dolerse de su calamidad y desventura? Pero dejemos estas cosas, pues no llevan remedio, y vengamos a las tuyas, que quiero ver si le tienen; y así te ruego, por lo que debes a la buena voluntad que te he mostrado y por lo que te obliga el ser entrambos de una misma patria, y habernos criado en nuestra niñez juntos, que me digas qué es la causa que te trae tan demasiadamente triste; que puesto caso que sola la del cautiverio es bastante para entristecer el corazón más alegre del mundo, todavía imagino que de más atrás traen la corriente tus desgracias. Porque los generosos ánimos como el tuyo no suelen rendirse a las comunes desdichas tanto que den muestras de extraordinarios sentimientos: y háceme creer esto, el saber yo que no eres tan pobre que te falte para dar cuanto pidieren por tu rescate; ni estás en las torres del mar Negro, como cautivo de consideración que

— Tu ne pourras pas éviter les larmes, reprit le Turc, si tu t'engages en de semblables contemplations; car ceux qui ont vu, il y a deux ans à peine, la riche et fameuse île de Chypre dans sa paix et sa sérénité et ses habitants jouir alors de tout ce que la félicité humaine peut accorder aux hommes, et qui les voient ou les considèrent à présent arrachés à elle ou en elle captifs et misérables, comment pourraient-ils, ceux-là, ne pas compatir à son infortune et à son malheur? Mais laissons ces choses, qui sont sans remède, et venons-en à celles qui te concernent et auxquelles j'aimerais bien en trouver un; dis-moi, je t'en prie, au nom de la bienveillance que je t'ai toujours montrée et de ton obligation envers notre patrie commune et le sein qui nous a nourris tous deux, quelle est la cause de ta tristesse sans bornes; j'admets que la captivité suffise à attrister le cœur le plus heureux du monde, mais il me semble pourtant que le cours de ton malheur vient de plus loin, parce que ceux qui comme toi ont de la grandeur d'âme ne se rendent pas aux misères communes et ne manifestent pas davantage d'émotion extraordinaire; ce qui m'affermit dans ma conviction, c'est de savoir que tu n'es pas si pauvre pour ne pouvoir payer le prix fixé pour ton rachat; et tu n'es pas non plus dans les tours de la mer Noire [1] comme un captif éminent qui

1. On pouvait encore voir ces sept tours non loin de Constantinople au début du XIXe siècle; alors, la légende les remplissait d'or; en fait, elles ne contenaient que du foin.

tarde o nunca alcanza la deseada libertad. Así que, no habiéndote quitado la mala suerte las esperanzas de verte libre, y con todo esto, verte rendido a dar miserables muestras de tu desventura, no es mucho que imagine que tu pena procede de otra causa que de la libertad que perdiste, la cual causa te suplico me digas, ofreciéndote cuanto puedo y valgo; quizá para que yo te sirva ha traído la fortuna este rodeo de haberme hecho vestir deste hábito, que aborrezco. Ya sabes, Ricardo, que es mi amo el cadí desta ciudad, que es lo mismo que ser su obispo. Sabes también lo mucho que vale y lo mucho que con él puedo. Juntamente con esto no ignoras el deseo encendido que tengo de no morir en este estado que parece que profeso, pues cuando más no pueda, tengo de confesar y publicar a voces la fe de Jesucristo, de quien me apartó mi poca edad y menos entendimiento, puesto que sé que tal confesión me ha de costar la vida, que a trueco de no perder la del alma, daré por bien empleado perder la del cuerpo. De todo lo dicho quiero que infieras y que consideres que te puede ser de algún provecho mi amistad, y que para saber qué remedios o alivios puede tener tu desdicha, es menester que me la cuentes como ha menester el médico la relación del enfermo,

attend longtemps ou à jamais la liberté à laquelle il aspire. Si bien que le mauvais sort ne t'ayant pas privé de l'espérance d'être un jour libéré, en te voyant malgré tout réduit à afficher les pitoyables signes de ta mésaventure, j'imagine aisément que ta peine a une autre origine que ta liberté perdue, et c'est pourquoi je te prie de me dire ce qu'il en est, en mettant à ton service mon pouvoir et ma valeur ; peut-être est-ce pour que je te serve que la fortune s'est plu à me faire endosser cet habit que j'abhorre. Tu sais, Ricardo, que mon maître est le cadi [1] de cette ville, ce qui revient à dire son évêque. Tu connais aussi son pouvoir et celui que j'ai sur lui. Et tu n'ignores pas davantage mon désir ardent de ne pas mourir en l'état qu'apparemment je professe, car il faudra, ma patience étant épuisée, que je confesse et publie bien haut ma foi en Jésus-Christ, de laquelle m'ont éloigné mes chétives années et une intelligence plus chétive encore, même si je sais que cette confession me coûtera la vie, puisque pour ne pas perdre celle de mon âme, je donnerais volontiers celle de mon corps. De tout cela, j'aimerais que tu déduises et considères de quelle utilité peut t'être mon amitié, et pour que je sache s'il est des remèdes ou des soulagements à ta peine, il faut que tu m'en parles, tout comme le malade parle à son médecin ;

1. Le cadi, de l'arabe *qadi*, juge, était un fonctionnaire musulman chargé de régler les contestations civiles et religieuses.

asegurándote que la depositaré en lo más escondido del silencio.

A todas estas razones estuvo callando Ricardo, y viéndose obligado dellas y de la necesidad, le respondió con éstas :

–Si así como has acertado, ¡oh amigo Mahamut! –que así se llamaba el turco–, en lo que de mi desdicha imaginas, acertaras en su remedio, tuviera por bien perdida mi libertad, y no trocara mi desgracia con la mayor ventura que imaginarse pudiera; mas yo sé que ella es tal que todo el mundo podrá saber bien la causa de donde procede, mas no habrá en él persona que se atreva, no sólo a hallarle remedio, pero ni aun alivio. Y para que quedes satisfecho desta verdad, te la contaré en las menos razones que pudiere; pero antes que entre en el confuso laberinto de mis males, quiero que me digas qué es la causa que Hazán Bajá, mi amo, ha hecho plantar en esta campaña estas tiendas y pabellones antes de entrar en Nicosia, adonde viene proveído por virrey o por bajá, como los turcos llaman a los virreyes.

– Yo te satisfaré brevemente–respondió Mahamut–; y así has de saber que es costumbre entre los turcos que los que van por virreyes de alguna provincia no entran en la ciudad donde su antecesor habita hasta que él salga della y deje hacer libremente al que viene la residencia;

je puis t'assurer que j'enfouirai ce que tu me diras au plus secret du silence. »

À tous ces arguments, Ricardo n'avait encore rien répondu, mais sous leur influence et sous celle de la nécessité, il avança enfin les siens :

« Ô ami Mahamoud ! — le Turc s'appelait ainsi —, si ton esprit pouvait, aussi exactement qu'il l'a deviné, porter remède à mon malheur, je m'estimerais heureux d'avoir perdu ma liberté et ne troquerais pas mon infortune contre le plus grand bonheur qui se puisse concevoir ; je sais aussi que si tout un chacun en pouvait connaître la cause, nul ne se risquerait à guérir mon mal ni même à le soulager. Et pour que tu reconnaisses cette vérité, je vais tout te raconter avec la plus grande concision possible ; toutefois, avant de pénétrer dans le labyrinthe embrouillé de mes malheurs, dis-moi pourquoi Hassan-pacha, mon maître, a fait dresser dans la campagne ces tentes et ces pavillons plutôt que d'entrer dans Nicosie, dont il a été nommé vice-roi ou pacha, comme disent les Turcs ?

— Je vais te répondre brièvement, dit Mahamoud ; sache qu'une des coutumes du peuple turc veut que le vice-roi qui vient gouverner une province n'entre pas dans la ville où siégeait son prédécesseur avant que celui-ci n'en soit sorti et ne l'ait laissé librement se présenter au juge résident [1] ;

1. *La residencia* était la comparution devant le ou les juges nommés par le sultan des gouverneurs et administrateurs des provinces qui devaient alors, comme on va le voir, répondre pour leurs œuvres.

y en tanto que el bajá nuevo la hace, el antiguo se está en la campaña esperando lo que resulta de sus cargos, los cuales se le hacen sin que él pueda intervenir a valerse de sobornos ni amistades, si ya primero no lo ha hecho. Hecha, pues, la residencia, se la dan al que deja el cargo en un pergamino cerrado y sellado, y con ella se presenta a la Puerta del Gran Señor, que es como decir en la Corte ante un Gran Consejo del Turco; la cual vista por el visirbajá, y por los otros cuatro bajaes menores, como si dijésemos ante el presidente del Real Consejo y oidores, o le premian o le castigan, según la relación de la residencia; puesto que si viene culpado, con dineros rescata y excusa el castigo. Si no viene culpado y no le premian, como sucede de ordinario, con dádivas y presentes alcanza el cargo que más se le antoja, porque no se dan allí los cargos y oficios por merecimientos, sino por dineros : todo se vende y todo se compra. Los proveedores de los cargos roban [a] los proveídos en ellos y los desuellan; deste oficio comprado sale la sustancia para comprar otro que más ganancia promete. Todo va como digo, todo este imperio es violento, señal que prometía no ser durable; pero a lo que yo creo,

tandis que le nouveau pacha comparaît, l'ancien attend hors de la ville que ses œuvres soient jugées, sans pouvoir alors faire peser dans la balance, s'il ne l'a déjà fait, tel ou tel de ses amis ou quelque pot-de-vin. Le jugement rendu, on le remet, sur parchemin scellé, à celui qui résigne sa charge, pour qu'il aille en personne le présenter à la Porte [1] du Grand Turc, ce qui revient à dire à la cour, devant le conseil du sultan ; le parchemin est lu par le grand vizir et quatre autres pachas de moindre grandeur, qui seraient chez nous le président du conseil royal et les auditeurs, lesquels le récompensent ou le châtient, selon le contenu du jugement ; c'est-à-dire que, s'il est blâmé, il se rachètera et se fera pardonner en bourse déliant, s'il n'est ni blâmé ni récompensé, ce qui se produit le plus souvent, il pourra encore acheter par des présents ou des dons la charge qui lui tient à cœur, car ce n'est pas aux mérites que l'on doit ici une charge ou un office, mais à l'or. Tout se vend, tout s'achète. Ceux qui octroient les charges volent ceux à qui elles sont octroyées et les plument ; on tire d'un office acheté de quoi en acquérir un autre qui promet plus de bénéfice. Il en va ainsi pour toute chose ; cet empire n'est que violence, ce en quoi on a cru voir le signe qu'il ne durerait pas ; mais il me semble,

1. La Porte ou la Sublime Porte : la cour du sultan, où se tient son conseil, ou divan ; par extension, l'empire turc. Le Grand Turc est le nom que l'Europe de la Renaissance a donné aux sultans établis dans Constantinople conquise.

y así debe de ser verdad, le tienen sobre sus hombros nuestros pecados, quiero decir, los de aquellos que descaradamente y a rienda suelta ofenden a Dios, como yo hago : Él se acuerde de mí por quien Él es. Por la causa que he dicho, pues, tu amo, Hazán Bajá, ha estado en esta campaña cuatro días, y si el de Nicosia no ha salido como debía, ha sido por haber estado muy malo; pero ya está mejor y saldrá hoy o mañana, sin duda alguna, y se ha de alojar en unas tiendas que están detrás deste recuesto que tú no has visto, y tu amo entrará luego en la ciudad; y esto es lo que hay que saber de lo que me preguntaste.

– Escucha, pues–dijo Ricardo–; mas no sé si podré cumplir lo que antes dije, que en breves razones te contaría mi desventura, por ser ella tan larga y desmedida, que no se puede medir con razón alguna; con todo esto, haré lo que pudiere y lo que el tiempo diere lugar : y así te pregunto primero si conoces en nuestro lugar de Trápana una doncella a quien la fama daba nombre de la más hermosa mujer que había en toda Sicilia ; una doncella, digo, por quien decían todas las curiosas lenguas y afirmaban los más raros entendimientos

et je ne pense pas me tromper, que ce sont nos péchés qui le soutiennent, je veux dire les péchés de ceux qui comme moi offensent Dieu, impudemment et sans frein. Qu'Il se souvienne de moi dans Sa mansuétude. Tu sais maintenant pour quelle raison ton maître, Hassan-pacha, a passé quatre jours sur ces terres, et si l'ancien maître de Nicosie n'est pas encore sorti de la ville, c'est qu'il s'est trouvé fort mal; mais il se sent déjà mieux et sortira aujourd'hui ou demain, sans doute, pour aller s'installer dans l'une des tentes que tu n'as pu voir car elles se trouvent derrière cette élévation, et ensuite ton maître rentrera dans la ville; c'est là tout ce que je puis dire pour répondre à ta question.

— Écoute, à présent, dit Ricardo; je ne sais si je pourrai tenir la promesse que je t'ai faite de te raconter en quelques mots ma mésaventure; car elle est si longue, si démesurée, qu'elle échappe à toute appréhension; je ferai malgré tout de mon mieux, et comme le temps en décidera : pour commencer, je vais te demander si tu ne connaîtrais pas, dans notre ville de Trapani [1], une jeune fille dont la rumeur a fait la plus grande beauté de toute la Sicile, une jeune fille, dis-je, dont toutes les langues bien pendues prétendaient ce qu'affirmaient aussi les beaux esprits :

1. À la pointe occidentale nord de la Sicile, qui se trouve alors sous la domination de l'Aragon; c'est à l'autre bout de l'île, à Messine, qu'en 1571 Cervantes sera soigné, après la perte de son bras gauche à la bataille de Lépante.

que era la de más perfecta hermosura que tuvo la edad pasada, tiene la presente y espera tener la que está por venir ; una por quien los poetas cantaban que tenía los cabellos de oro, y que eran sus ojos dos resplandecientes soles, y sus mejillas purpúreas rosas, sus dientes perlas, sus labios rubíes, su garganta alabastro, y que sus partes con el todo, y el todo con sus partes, hacían una maravillosa y concertada armonía, esparciendo naturaleza sobre todo una suavidad de colores tan natural y perfecta, que jamás pudo la envidia hallar cosa en que ponerle tacha. Que, ¿ es posible, Mahamut, que ya no me has dicho quién es y cómo se llama ? Sin duda creo, o que no me oyes, o que cuando en Trápana estabas, carecías de sentido.

– En verdad, Ricardo – respondió Mahamut –, que si la que has pintado con tantos extremos de hermosura no es Leonisa, la hija de Rodolfo Florencio, no sé quién sea ; que ésta sola tenía la fama que dices.

– Ésa es, ¡oh Mahamut ! – respondió Ricardo – ; ésa es, amigo, la causa principal de todo mi bien y de toda mi desventura ; ésa es, que no la perdida libertad, por quien mis ojos han derramado, derraman y derramarán lágrimas sin cuento, y la por quien mis sospiros encienden el aire, cerca y lejos, y la por quien mis razones cansan al cielo que las escucha y a los oídos que las oyen ;

qu'elle était la beauté la plus parfaite que l'on eût jamais vue, que l'on pouvait voir et que l'on verrait jamais ; sur qui les poètes allaient chantant qu'elle avait une chevelure d'or, que ses yeux étaient des soleils resplendissants et ses joues des roses vermeilles, ses dents des perles, ses lèvres des rubis, et sa gorge de l'albâtre ; que les parties avec le tout et le tout avec les parties faisaient une harmonie heureuse et merveilleuse, sur laquelle la nature épandait de suaves tonalités à ce point naturelles et parfaites que jamais l'envie n'y avait rien trouvé à redire. Comment, Mahamoud, tu ne m'as pas encore dit qui elle est ni comment elle s'appelle ? Ce sera soit que tu ne m'écoutes pas, soit que tu étais alors, à Trapani, privé de sentiment.

— Vraiment, Ricardo, répondit Mahamoud, si celle que tu as parée de tant d'extrêmes beautés n'est pas Leonisa, la fille de Rodolfo Florencio, je ne saurais dire de qui il est question, car elle seule recueillait les louanges dont tu parles.

— C'est elle, ô Mahamoud ! répondit Ricardo ; c'est elle, mon ami, la grande cause de tout mon bien et de toute ma mésaventure ; c'est pour elle, et non pour la liberté perdue, que mes yeux ont versé, versent et verseront des larmes sans nombre ; pour elle que mes soupirs embrasent l'air, ici et là, et c'est pour elle encore que mes plaintes lassent le ciel qui les écoute et les oreilles qui les entendent ;

ésa es por quien tú me has juzgado por loco o, por lo menos, por de poco valor y menos ánimo ; esta Leonisa, para mí leona, y mansa cordera para otro, es la que me tiene en este miserable estado. Porque has de saber que desde mis tiernos años, o a lo menos desde que tuve uso de razón, no sólo la amé, mas la adoré y serví con tanta solicitud como si no tuviera en la tierra ni en el cielo otra deidad a quien sirviese ni adorase. Sabían sus deudos y sus padres mis deseos, y jamás dieron muestra de que les pesase, considerando que iban encaminados a fin honesto y virtuoso, y así muchas veces sé yo que se lo dijeron a Leonisa, para disponerle la voluntad a que por su esposo me recibiese. Mas ella, que tenía puestos los ojos en Cornelio, el hijo de Ascanio Rótulo, que tú bien conoces : mancebo galán, atildado, de blandas manos y rizos cabellos, de voz meliflua y de amorosas palabras, y finalmente, todo hecho de ámbar y de alfeñique, guarnecido de telas y adornado de brocados, no quiso ponerlos en mi rostro, no tan delicado como el de Cornelio, ni quiso agradecer siquiera mis muchos y continuos servicios, pagando mi voluntad con desdeñarme y aborrecerme ; y a tanto llegó el extremo de amarla, que tomara por partido dichoso que me acabara a pura fuerza de desdenes y desagradecimientos, con que no diera descubiertos aunque honestos favores a Cornelio ¡ Mira, pues,

elle à cause de qui tu m'as cru fou ou tout au moins privé de courage et de vertu; c'est Leonisa, lionne pour moi, tendre agnelle pour un autre, qui me tient en ce misérable état. Car il faut que tu saches que depuis mes plus tendres années, ou du moins depuis mon âge de raison, je l'ai non seulement aimée mais adorée et servie avec une sollicitude telle qu'on eût dit qu'il n'y avait ni sur terre ni au ciel d'autre divinité à servir et à adorer. Ses proches et ses parents connaissaient mes désirs et ne s'en montrèrent jamais impatientés, car ils les voyaient dictés par une intention honnête et vertueuse, et je sais qu'ils parlèrent quelquefois à Leonisa pour incliner sa volonté à m'accepter comme époux. Mais elle, qui n'avait d'yeux que pour Cornelio, le fils d'Ascanio Rotulo — tu vois de qui il s'agit : ce jeune galant, coquet, aux mains molles et aux cheveux bouclés, à la voix melliflue et aux propos sucrés, finalement tout d'ambre et d'alphénic [1], vêtu d'étoffes légères et paré de brocarts —, ne daigna ni voir mon visage, moins délicat que celui de Cornelio, ni même me remercier de mes soins innombrables et constants, et paya de dédain et d'aversion mon attachement; si bien que mon amour exacerbé s'estima plus heureux d'être anéanti à force de dédains et de disgrâces que d'être témoin des évidentes et toutefois honnêtes faveurs accordées à Cornelio. Dis-moi à présent,

1. Ancienne préparation à base de sucre et d'huile d'amande douce, que l'on prenait pour adoucir la gorge.

si llegándose a la angustia del desdén y aborrecimiento la mayor y más cruel rabia de los celos, cuál estaría mi alma de dos tan mortales pestes combatida ! Disimulaban los padres de Leonisa los favores que a Cornelio hacía, creyendo, como estaba en razón que creyesen, que atraído el mozo de su incomparable y bellísima hermosura, la escogería por su esposa, y en ello granjearían yerno más rico que conmigo ; y bien pudiera ser, si así fuera ; pero no le alcanzaran, sin arrogancia sea dicho, de mejor condición que la mía, ni de más altos pensamientos, ni de más conocido valor que el mío. Sucedió, pues, que en el discurso de mi pretensión, alcancé a saber que un día del mes pasado de mayo, que éste de hoy hace un año, tres días y cinco horas, Leonisa y sus padres, y Cornelio y los suyos, se iban a solazar con toda su parentela y criados al jardín de Ascanio, que está cercano a la marina, en el camino de las Salinas.

– Bien lo sé – dijo Mahamut – : pasa adelante, Ricardo, que más de cuatro días tuve en él, cuando Dios quiso, más de cuatro buenos ratos.

– Súpelo – replicó Ricardo –, y al mismo instante que lo supe me ocupó el alma una furia, una rabia y un infierno de celos, con tanta vehemencia y rigor, que me sacó de mis sentidos, como lo verás por lo

quand s'ajoutent à l'angoisse de se savoir dédaigné et détesté les affres de la plus vive et de la plus cruelle jalousie, ce que pourrait être mon âme, atteinte de ces deux maux sans remède ! Les parents de Leonisa ont dissimulé la complaisance qu'elle montrait à Cornelio en se disant non sans raison que le jeune homme, attiré par son incomparable et sublime beauté, voudrait faire d'elle sa femme et qu'ils obtiendraient de la sorte un gendre plus riche que moi ; si tel avait été le cas, tout serait allé de soi ; or, je le dis sans la moindre arrogance, il n'eût pu m'égaler ni par la noblesse de sa condition, ni par la hauteur de ses idéaux, ni par sa valeur reconnue. Alors, tandis que je faisais ma cour, j'appris incidemment qu'un certain jour de mai dernier, il y a maintenant un an, trois jours et cinq heures, Leonisa et ses parents, Cornelio et les siens, devaient se retrouver pour une partie de campagne avec toute leur parentèle et leurs serviteurs dans le jardin d'Ascanio, qui se trouve au bord de la mer, sur la route des salines.

— Je le sais bien, Ricardo, dit Mahamoud ; poursuis donc ; j'ai passé là plus de quatre jours, qui furent plus de quatre bons moments, que Dieu a daigné m'accorder.

— Je l'ai appris, reprit Ricardo, et à l'instant même mon âme a été investie par les fureurs et les rages infernales de la jalousie, avec une rigueur et une véhémence telles que, sans plus savoir ce que je faisais — comme tu le verras en apprenant ce

que luego hice, que fue irme al jardín donde me dijeron que estaban, y hallé a la más de la gente solazándose, y debajo de un nogal sentados a Cornelio y a Leonisa, aunque desviados un poco. Cuál ellos quedaron de mi vista, no lo sé ; de mí sé decir que quedé tal con la suya, que perdí la de mis ojos, y me quedé como estatua sin voz ni movimiento alguno. Pero no tardó mucho en despertar el enojo a la cólera, y la cólera a la sangre del corazón, y la sangre a la ira, y la ira a las manos y a la lengua ; puesto que las manos se ataron con el respecto a mi parecer debido al hermoso rostro que tenía delante. Pero la lengua rompió el silencio con estas razones : « Contenta estarás, ¡oh enemiga mortal de mi descanso !, en tener con tanto sosiego delante de tus ojos la causa que hará que los míos vivan en perpetuo y doloroso llanto. Llégate, llégate, cruel, un poco más, y enrede tu yedra a ese inútil tronco que te busca; peina o ensortija aquellos cabellos de ese tu nuevo Ganimedes, que tibiamente te solicita; acaba ya de entregarte a los banderizos años dese mozo en quien contemplas, por que perdiendo yo

1. Les esprits les plus prudes ne pourront guère nier le caractère phallique de ce tronc ni l'érotisme sublimé ou subliminal de la métaphore.

que je fis ensuite —, je me rendis au jardin où l'on m'avait dit qu'ils se trouvaient, y découvris le gros de la compagnie en train de se divertir et, sous un noyer, Cornelio et Leonisa, assis, à quelque distance l'un de l'autre, il est vrai. Je ne sais comment ils demeurèrent à ma vue, mais je peux dire qu'en la voyant je demeurai, moi, comme privé de ce sens et de tous les autres, pareil à une statue, sans voix et sans mouvement aucun. Mais la contrariété ne tarda pas à éveiller la colère, et la colère à m'échauffer le sang, et le sang la bile, et la bile les mains et la langue; mes mains demeurèrent cependant liées par le respect dû, à mon sens, au beau visage que j'avais devant moi. Mais ma langue rompit le silence en ces termes : "Il faut bien que tu te plaises, ô ennemie mortelle de mon repos, à porter sereinement les yeux sur ce qui condamne les miens à de perpétuelles et douloureuses larmes. Mais poursuis, poursuis, cruelle, encore un peu, et de ton lierre enchevêtre le tronc qui tend vainement vers toi [1]; coiffe ou boucle les cheveux de ton nouveau Ganymède qui tièdement te sollicite [2]; achève de te livrer aux années turbulentes de ce jeunet que tu favorises, afin que finisse,

2. La charge du portrait du pauvre Cornelio s'explique par l'opposition, signalée dans la préface, entre la délicatesse de forme du courtisan et la délicatesse de fond de l'homme valeureux et guerrier, plus proche de Cervantes.

la esperanza de alcanzarte, acabe con ella la vida que aborrezco. ¿Piensas, por ventura, soberbia y mal considerada doncella, que contigo sola se han de romper y faltar las leyes y fueros que en semejantes casos en el mundo se usan? ¿Piensas, quiero decir, que este mozo, altivo por su riqueza, arrogante por su gallardía, inexperto por su edad poca, confiado por su linaje, ha de querer, ni poder, ni saber guardar firmeza en sus amores, ni estimar lo inestimable, ni conocer lo que conocen los maduros y experimentados años? No lo pienses, si lo piensas, porque no tiene otra cosa buena el mundo, sino hacer sus acciones siempre de una misma manera, por que no se engañe nadie sino por su propia ignorancia. En los pocos años está la inconstancia mucha; en los ricos, la soberbia; la vanidad, en los arrogantes, y en los hermosos, el desdén, y en los que todo esto tienen, la necedad, que es madre de todo mal suceso. Y tú, ¡oh mozo!, que tan a tu salvo piensas llevar el premio más debido a mis buenos deseos que a los ociosos tuyos, ¿por qué no te levantas de ese estrado de flores donde yaces, y vienes a sacarme el alma, que tanto la tuya aborrece? Y no porque me ofendas en lo que haces, sino porque no sabes estimar el bien que la ventura te concede;

avec l'espérance de te plaire que j'ai perdue, la vie que j'abhorre. Crois-tu par hasard, glorieuse et inconsidérée jouvencelle, que pour toi seule vont être rompus et abolis les lois et les principes d'usage en pareil cas dans le monde ? Crois-tu, veux-je dire, que ce jeunet que sa fortune rend grand, son élégance arrogant, son jeune âge inexpert et son lignage confiant veuille, puisse et sache se montrer constant, apprécier ce qui est sans prix, avoir la connaissance qu'apportent les années et l'expérience [1] ? Ne crois pas cela, si c'est là ta pensée, parce que le monde a ceci et seulement ceci de bon qu'il opère toujours d'une seule et même manière, afin que nul ne se fourvoie jamais que par ignorance. Au petit nombre d'années échoient les inconstances en grand nombre ; aux riches, la superbe ; aux arrogants, la vanité ; à ceux qui sont bien faits, le dédain, et à ceux qui ont un peu de tout cela, la sottise, qui est la mère de tous les échecs. Et toi, ô jeune homme qui tout tranquillement crois recevoir la récompense de mes bonnes intentions plutôt que des tiennes, qui sont oiseuses, pourquoi ne te lèves-tu pas du tapis de fleurs sur lequel tu reposes pour me faire rendre l'âme qui hait si fort la tienne, non pas parce que tes actes m'offensent, mais parce que tu es incapable d'apprécier le bonheur qui t'est donné ?

1. Une nouvelle fois, Cervantes apparaît en filigrane dans le portrait de son héros, jeune encore.

y vese claro que le tienes en poco, en que no quieres moverte a defenderle por no ponerte a riesgo de descomponer la afeitada compostura de tu galán vestido. Si esa tu reposada condición tuviera Aquiles, bien seguro estuviera Ulises de no salir con su empresa, aunque más le mostrara resplandecientes armas y acerados alfanjes. Vete, vete, y recréate entre las doncellas de tu madre, y allí ten cuidado de tus cabellos y de tus manos, más despiertas a devanar blando sirgo que a empuñar la dura espada.»

«A todas estas razones jamás se levantó Cornelio del lugar donde le hallé sentado, antes se estuvo quedo, mirándome como embelesado sin moverse; y a las levantadas voces con que le dije lo que has oído, se fue llegando la gente que por la huerta andaba, y se pusieron a escuchar otros más impropios que a Cornelio dije, el cual, tomando ánimo con la gente que acudió, porque todos o los más eran sus parientes, criados o allegados, dio muestras de levantarse; mas antes de que se pusiese en pie,

1. Cervantes se souvient du deuxième chant de *L'Iliade*, quand Ulysse, Achille s'étant retiré du combat après son affrontement avec Agamemnon, s'oppose à ceux qui veulent quitter Troie et regagner l'Achaïe.

On voit bien que tu le tiens pour peu de chose à ce que tu ne daignes même pas t'animer pour le défendre, de peur de déranger l'ordonnance avantageuse de ton joli vêtement. Si Achille avait eu ton tempérament placide, sans doute Ulysse n'eût-il pas triomphé dans son entreprise [1], même s'il avait arboré les armes les plus resplendissantes et le glaive [2] le plus tranchant. Va-t'en, va jouer avec les suivantes de ta mère, et fais bien attention à tes cheveux et à tes mains, plus propres à tresser la douce soie qu'à empoigner la dure épée. "

« À tous ces arguments, Cornelio, bien loin de se lever de l'endroit où il était étendu, demeura quiet, me regardant sans broncher, comme envoûté ; et mes éclats de voix, alors que je lançais ce qui précède, attirèrent ceux qui se promenaient dans le jardin ; ils prêtèrent l'oreille aux propos plus inconvenants que j'adressais encore à Cornelio, lequel, rassuré par la présence de ceux qui accouraient, car ils étaient pour la plupart, sinon tous, de sa famille, de ses serviteurs ou de ses proches, fit mine de se lever ; cependant, avant qu'il ne se fût mis debout,

2. *Alfanjes* : « Alfange, sorte de cimeterre » (Littré). « Contre nous de pied ferme ils tirent leurs alfanges, De notre sang au leur font d'horribles mélanges », Corneille, *Le Cid*, IV, 3. Littré ajoute : « Il est hors d'usage. » Nous voyons mieux Ulysse avec un glaive qu'avec un cimeterre.

puse mano a mi espada y acometíle, no sólo a él, sino a todos cuantos allí estaban. Pero apenas vio Leonisa relucir mi espada, cuando le tomó un recio desmayo, cosa que me puso en mayor coraje y mayor despecho. Y no te sabré decir si los muchos que me acometieron atendían no más de a defenderse, como quien se defiende de un loco furioso, o si fue mi buena suerte y diligencia, o el cielo, que para mayores males quería guardarme, porque, en efeto, herí siete o ocho de los que hallé más a mano. A Cornelio le valió su buena diligencia, pues fue tanta la que puso en los pies, huyendo, que se escapó de mis manos. Estando en este tan manifiesto peligro, cercado de mis enemigos, que ya como ofendidos procuraban vengarse, me socorrió la ventura con un remedio que fuera mejor haber dejado allí la vida, que no, restaurándola por tan no pensado camino, venir a perderla cada hora mil y mil veces; y fue que de improviso dieron en el jardín mucha cantidad de turcos de dos galeotas de cosarios de Biserta, que en una cala, que allí cerca estaba, habían desembarcado sin ser sentidos de las centinelas de las torres de la marina, ni descubiertos de los corredores o atajadores de la costa. Cuando mis contrarios los vieron,

1. Les pirates barbaresques, hommes de main de la Porte, écumeront la Méditerranée jusqu'au XIXe siècle.

2. Le *D. de A.* définit ainsi les *corredores* : « Le ou les soldats que l'on dépêche pour découvrir le terrain, reconnaître et explorer

j'avais tiré mon épée et je l'attaquai hardiment, lui et tous ceux qui se trouvaient là. Mais à peine Leonisa eut-elle vu luire mon fer qu'elle tomba en pâmoison, ce qui me fit redoubler de courage et aviva ma fureur. Je ne saurais te dire si tous mes assaillants cherchaient seulement à se protéger, comme on se défend d'un fou furieux, ou si ce fut l'œuvre de ma bonne fortune et de ma rapidité, ou celle du ciel qui me réservait de pires maux, mais je blessai bel et bien six ou huit de ceux qui me serraient de près. Pour Cornelio, sa grande hâte lui réussit, car il ne s'était pas plutôt mis debout qu'il s'enfuyait, me filant entre les doigts. Je me trouvais donc très exposé au péril, cerné par mes adversaires qui, offensés, cherchaient vengeance, quand le sort me vint en aide, par un expédient tel qu'il eût mieux valu perdre la vie sur-le-champ que la conserver et en venir, par un détour des plus inconcevables, à la perdre, à toute heure, mille et mille fois; car par surprise entrèrent dans le jardin les nombreux Turcs de deux galiotes pirates de Bizerte [1], mouillées dans une crique proche, qui avaient débarqué sans être remarqués par les sentinelles des tours de surveillance de la côte et sans être découverts par les éclaireurs et les estafettes [2]. Quand mes adversaires les aperçurent,

la campagne », et ainsi les *atajadores* : « Celui qui a pour mission de débusquer l'ennemi, en parcourant le territoire à pied ou à cheval. »

dejándome solo, con presta celeridad se pusieron en cobro, de cuantos en el jardín estaban, no pudieron los turcos cautivar más de a tres personas y a Leonisa, que aún estaba desmayada; a mí me cogieron con cuatro disformes heridas, vengadas antes por mi mano con cuatro turcos, que de otras cuatro dejé sin vida tendidos en el suelo. Este asalto hicieron los turcos con su acostumbrada diligencia, y no muy contentos del suceso, se fueron a embarcar, y luego se hicieron a la mar, y a vela y remo en breve espacio se pusieron en la Fabiana. Hicieron reseña por ver qué gente les faltaba, y viendo que los muertos eran cuatro soldados de aquellos que ellos llaman leventes, y de los mejores y más estimados que traían, quisieron tomar en mí la venganza, y así mandó el arráez de la capitana bajar la entena para ahorcarme.

«Todo esto estaba mirando Leonisa, que ya había vuelto en sí, y viéndose en poder de los cosarios, derramaba abundancia de hermosas lágrimas, y torciendo sus manos delicadas, sin hablar palabra, estaba atenta a ver si entendía lo que los turcos decían. Mas uno de los cristianos del remo le dijo en italiano como el arráez mandaba ahorcar a aquel cristiano, señalándome a mí, porque había muerto

1. Ile de Favignana, la plus grande des îles Égates, groupe de la côte occidentale de la Sicile.

2. *Leventes* : gens de mer, corsaires écumant les côtes méditerranéennes. *Leventes* et *Levantes* (voir note 2, p. 66) ne figurent ni dans le *D. de A.* ni dans le *Vox*, nous préférons ne pas écrire *Levantins* (*Levantiscos* et *Levantinos*).

ils me plantèrent là et coururent bien vite se mettre à l'abri ; parmi toutes celles qui se trouvaient dans le jardin, les Turcs ne purent se saisir que de trois personnes, et de Leonisa, encore évanouie ; ils s'emparèrent de moi, qui portais quatre affreuses blessures, qu'avaient payées de leur vie quatre Turcs, couchés à terre de ma main. Les Turcs avaient conduit cette attaque avec leur célérité coutumière et, assez peu satisfaits de leur prouesse, s'embarquèrent aussitôt et reprirent la mer ; à la voile et à la rame, ils touchèrent bientôt à la Fabiana [1]. Ils firent l'appel, pour voir combien d'hommes leur manquaient, et constatant que les disparus étaient quatre de ces soldats qu'ils appellent *leventes* [2], parmi les meilleurs et les plus estimés qu'ils avaient à bord, ils résolurent de faire de moi une vengeance, et le capitaine [3] de la galiote principale donna l'ordre de baisser l'antenne pour m'y pendre.

« Leonisa, revenue à elle, regardait tout cela et, se voyant aux mains des corsaires, se répandait en belles larmes, tordant ses mains délicates sans dire un seul mot, toute à essayer de comprendre ce que disaient les Turcs. L'un des galériens, un chrétien, lui dit en italien que le capitaine avait donné l'ordre de pendre un prisonnier qui avait tué

3. L'*arráez* est, selon certains, commandant de la flotte, selon d'autres, capitaine de galère (Sebastián de Covarrubias, *Tesoro de la lengua castellana*). La plupart des navires pirates étaient commandés, comme on le verra dans l'un des paragraphes suivants, par des renégats grecs, bons navigateurs, au contraire des Turcs.

en su defensa cuatro de los mejores soldados de las galeotas. Lo cual oído y entendido por Leonisa, la vez primera que se mostró para mí piadosa, dijo al cautivo que dijese a los turcos que no me ahorcasen, porque perderían un gran rescate, y que les rogaba volviesen a Trápana, que luego me rescatarían. Ésta, digo, fue la primera y aun será la última caridad que usó conmigo Leonisa, y todo para mayor mal mío. Oyendo, pues, los turcos lo que el cautivo les decía, le creyeron, y mudóles el interés la cólera. Otro día por la mañana, alzando la bandera de paz volvieron a Trápana; aquella noche la pasé con el dolor que imaginarse puede, no tanto por el que mis heridas me causaban, cuanto por imaginar el peligro en que la cruel enemiga mía entre aquellos bárbaros estaba.

«Llegados, pues, como digo, a la ciudad, entró en el puerto la una galeota y la otra se quedó fuera; coronóse luego todo el puerto y la ribera toda de cristianos, y el lindo de Cornelio, desde lejos, estaba mirando lo que en la galeota pasaba. Acudió luego un mayordomo mío a tratar de mi rescate, al cual dije que en ninguna manera tratase de mi libertad, sino de la de Leonisa, y que diese por ella todo cuanto valía mi hacienda; y más le ordené, que volviese a tierra y dijese a los padres de Leonisa que le dejasen a él tratar de la

en se défendant quatre des meilleurs soldats des galiotes, et il me désigna. Quand elle entendit cela et comprit ce qui se passait, Leonisa, pour la première fois, eut pitié de moi et demanda au captif de dire aux Turcs qu'ils ne me pendent pas, car ils perdraient de la sorte une importante rançon, et de les prier instamment de retourner à Trapani, où l'on me rachèterait aussitôt. Ce fut là, dis-je, la première et peut-être la seule bonté qu'eut pour moi Leonisa, pour mon plus grand malheur. Car, entendant ce que leur disait le captif, les Turcs le crurent, et l'intérêt se substitua à la colère. Le lendemain matin, ils hissaient le pavillon de paix et retournaient à Trapani. Je passai la nuit dans des affres que l'on conçoit aisément, non pas tant à cause de la douleur que m'infligeaient mes blessures qu'à l'idée du danger que courait ma cruelle ennemie au milieu de tous ces barbares.

« Une fois arrivés, comme je l'ai dit, devant la ville, les Turcs firent entrer l'une des galiotes dans le port, et laissèrent l'autre à l'entrée; les quais et le rivage furent bientôt couverts de chrétiens, et le beau Cornelio regardait, de loin, ce qui se passait dans la galiote. Puis mon intendant monta à bord pour négocier ma rançon, et je lui dis qu'il n'était aucunement question de s'occuper de ma délivrance, mais de celle de Leonisa, pour laquelle il pouvait offrir tout ce que valaient mes biens; je lui ordonnai en outre d'aller à terre dire aux parents de Leonisa de s'en remettre à lui pour négocier la

libertad de su hija, y que no se pusiesen en trabajo por ella. Hecho esto, el arráez principal, que era un renegado griego llamado Yzuf, pidió por Leonisa seis mil escudos, y por mí cuatro mil, añadiendo que no daría el uno sin el otro : pidió esta gran suma, según después supe, porque estaba enamorado de Leonisa y no quisiera él rescatalla, sino darle al arráez de la otra galeota, con quien había de partir las presas que se hiciesen por mitad, a mí, en precio de cuatro mil escudos, y mil en dinero, que hacían cinco mil, y quedarse con Leonisa por otros cinco mil. Y ésta fue la causa por que nos apreció a los dos en diez mil escudos. Los padres de Leonisa no ofrecieron de su parte nada, atenidos a la promesa que de mi parte mi mayordomo les había hecho; ni Cornelio movió los labios en su provecho; y así, después de muchas demandas y respuestas, concluyó mi mayordomo en dar por Leonisa cinco mil, y por mí, tres mil escudos.

«Aceptó Yzuf este partido, forzado de las persuasiones de su compañero y de lo que todos sus soldados le decían. Mas como mi mayordomo no tenía junta tanta cantidad de dinero, pidió tres días de término para juntarlos,

libération de leur fille, et de ne pas s'en mêler davantage. Après quoi le capitaine de la galiote, un renégat grec appelé Youssouf, demanda pour Leonisa six mille écus, et pour moi quatre mille, en ajoutant qu'il ne rendrait pas l'un sans l'autre : il demanda cette somme importante [1] parce que, ainsi que je l'appris par la suite, il s'était épris de Leonisa et ne voulait nullement qu'elle fût rachetée ; son intention était de me céder, pour une valeur de quatre mille écus, auxquels il en ajouterait mille, en argent, ce qui faisait cinq mille écus, au capitaine de l'autre galiote, avec qui il devait partager exactement tout le butin, et il garderait Leonisa, pour la valeur équivalente. Ce fut pourquoi il nous évalua, ensemble, à dix mille écus. Les parents de Leonisa, sur la promesse que mon intendant leur avait faite en mon nom, n'offrirent rien, de leur côté ; Cornelio n'eut même pas un mot pour elle ; et après bien des propositions et des contre-propositions, mon intendant tomba d'accord pour payer cinq mille écus le rachat de Leonisa, et trois mille le mien.

« Youssouf, poussé par l'insistance de son compère et par tout ce que lui disaient ses hommes, accepta le marché. Mais comme mon intendant ne disposait pas de toute la somme nécessaire, il demanda un délai de trois jours pour la réunir,

1. Cervantes fut racheté en 1580 par les frères trinitaires Antonio de la Bella et Juan Gil, pour cinq cents écus.

con intención de malbaratar mi hacienda hasta cumplir el rescate. Holgóse desto Yzuf, pensando hallar en este tiempo ocasión para que el concierto no pasase adelante; y volviéndose a la isla de la Fabiana, dijo que llegado el término de los tres días volvería por el dinero. Pero la ingrata fortuna, no cansada de maltratarme, ordenó que estando desde lo más alto de la isla puesta a la guarda una centinela de los turcos, bien dentro a la mar, descubrió seis velas latinas, y entendió, como fue verdad, que debían ser o la escuadra de Malta, o algunas de las de Sicilia. Bajó corriendo a dar la nueva, y en un pensamiento se embarcaron los turcos que estaban en tierra, cuál guisando de comer, cuál lavando su ropa; y zarpando con no vista presteza dieron al agua los remos y al viento las velas, y puestas las proas en Berbería, en menos de dos horas perdieron de vista las galeras; y así, cubiertos con la isla y con la noche, que venía cerca, se aseguraron del miedo que habían cobrado. A tu buena consideración dejo, ¡oh Mahamut, amigo!, que considere [s] cuál iría mi ánimo en aquel viaje tan contrario del que yo esperaba; y más cuando otro día, habiendo llegado las dos galeotas a la isla de la Pantanalea, por la parte del mediodía, los turcos saltaron en tierra a hacer leña y carne,

1. L'île de Malte, qui faisait partie du royaume de Sicile depuis 1090, fut cédée par Charles Quint, en 1530, c'est-à-dire dix-sept ans avant la naissance de Cervantes, aux chevaliers de Saint-Jean de Jérusalem, qui prirent alors le nom de chevaliers de Malte.

résolu de vendre mes biens à vil prix pour obtenir mon rachat. Cela réjouit Youssouf, qui pensait trouver entre-temps une occasion de rompre le marché; et il repartit pour l'île de Fabiana, disant que passé le délai de trois jours il reviendrait chercher l'argent. Mais l'ingrate fortune, qui ne se lassait pas de me maltraiter, voulut qu'un guetteur turc, posté au plus haut point de l'île, aperçût au large six voiles latines, en lesquelles il crut reconnaître l'escadre de Malte [1], ce qui se révéla exact, ou l'une de celles de Sicile. Il dévala de la hauteur pour donner l'alerte et en un instant les Turcs qui se trouvaient à terre, d'aucuns faisant ripaille, d'autres lavant leur linge, s'embarquèrent et, levant l'ancre avec une promptitude inouïe, mirent les rames à l'eau, les voiles au vent, et le cap sur la Barbarie, si bien qu'en moins de deux heures les galères furent hors de vue; et se trouvant ainsi à l'abri de l'île et de la nuit qui tombait, ils se remirent de la peur qu'ils avaient eue. Tu concevras aisément, ami Mahamoud, quel était mon état d'âme pendant ce voyage si opposé à tout ce que j'attendais; et ce fut pis, le lendemain, quand les deux galiotes abordèrent dans l'île de Pantelleria [2] aux environs de midi et que les Turcs descendirent à terre pour s'approvisionner ou "faire du bois et de la viande",

Entre 1557 et 1568, le grand maître La Valette fortifia l'île, qui devint une base de la lutte contre les Barbaresques.

2. Dans le détroit de Sicile, à mi-chemin entre Sciacca, en Sicile, et Sousse, en Tunisie.

como ellos dicen; y más cuando vi que los arraeces saltaron en tierra y se pusieron a hacer las partes de todas las presas que habían hecho. Cada acción déstas fue para mí una dilatada muerte. Viniendo, pues, a la partición mía y de Leonisa, Yzuf dio a Fetala, que así se llamaba el arráez de la otra galeota, seis cristianos, los cuatro para el remo, y dos muchachos hermosísimos, de nación corsos, y a mí con ellos, por quedarse con Leonisa, de lo cual se contentó Fetala; y aunque estuve presente a todo esto, nunca pude entender lo que decían, aunque sabía lo que hacían, ni entendiera por entonces el modo de la partición si Fetala no se llegara a mí y me dijera en italiano : «Cristiano, ya eres mío; en dos mil escudos de oro te me han dado; si quieres libertad, has de dar cuatro mil; si no, acá morir.» Preguntéle si era también suya la cristiana : díjome que no, sino que Yzuf se quedaba con ella, con intención de volverla mora y casarse con ella. Y así era la verdad, porque me lo dijo uno de los cautivos del remo que entendía bien el turquesco, y se lo había oído tratar a Yzuf y a Fetala. Díjele a mi amo que hiciese de modo como se quedase con la cristiana, y que le daría por su rescate solo diez mil escudos de oro en oro. Respondióme no ser posible, pero que haría que Yzuf supiese la gran suma que él ofrecía por la cristiana; quizá,

comme ils disent; et ce fut pis encore, quand je vis les deux capitaines descendre eux aussi à terre pour se partager le butin. Le moindre de leurs mouvements me faisait mourir à petit feu. Ils en vinrent au partage de Leonisa et de moi. Youssouf donna à Fetala, le capitaine de l'autre galiote, six chrétiens, quatre pour la chiourme, et deux autres, deux jeunes garçons corses d'une grande beauté, et il me céda également, contre Leonisa, ce dont Fetala s'estima satisfait; si je pouvais assister à tout cela, je n'entendais pas un traître mot de ce qu'ils se disaient, tout en comprenant fort bien ce qu'ils faisaient; mais sur les conditions de leur troc, ce fut Fetala qui m'éclaira en s'approchant de moi pour me dire en italien : "Chrétien, maintenant, tu es à moi; on t'a vendu pour deux mille écus d'or; si tu veux la liberté, il faut donner quatre mille; sinon, mourir ici. " Je lui demandai si la chrétienne lui appartenait aussi; il me dit que non, que Youssouf la gardait, avec l'intention d'en faire une musulmane et de la prendre pour femme, ce que me confirma l'un des captifs de la chiourme qui comprenait bien le turc et qui avait entendu Youssouf et Fetala marchander. Je dis alors à mon maître que s'il parvenait à obtenir la chrétienne, je lui donnerais, pour le rachat de la prisonnière seulement, en or, dix mille écus. Il me répondit que lui ne pouvait plus rien, sauf de faire venir à l'oreille de Youssouf l'importance de la rançon offerte pour la chrétienne; et peut-être

llevado del interés, [se] mudaría de intención y la rescataría. Hízolo así, y mandó que todos los de su galeota se embarcasen luego, porque se quería ir a Trípol de Berbería, de donde él era. Yzuf asimismo determinó irse a Biserta; y así se embarcaron con la misma priesa que suelen cuando descubren o galeras de quien temer, o bajeles a quien robar. Moviòles a darse priesa, por parecerles que el tiempo mudaba con muestras de borrasca. Estaba Leonisa en tierra; pero no en parte que yo la pudiese ver, sino fue que al tiempo del embarcarnos llegamos juntos a la marina. Llevábala de la mano su nuevo amo y su más nuevo amante, y al entrar por la escala que estaba puesta desde tierra a la galeota, volvió los ojos a mirarme, y los míos, que no se quitaban della, la miraron con tan tierno sentimiento y dolor, que sin saber cómo, se me puso una nube ante ellos, que me quitó la vista, y sin ella y sin sentido alguno di conmigo en el suelo. Lo mismo me dijeron después que había sucedido a Leonisa, porque la vieron caer de la escala a la mar, y que Yzuf se había echado tras della y la sacó en brazos.

alors, si l'intérêt le faisait revenir sur son intention, celui-ci permettrait-il son rachat. Il fit ce qu'il avait dit, puis donna l'ordre à tous ceux de la galiote d'embarquer immédiatement, car il voulait gagner Tripoli de Barbarie [1], d'où il était. De son côté, Youssouf décida de se rendre à Bizerte ; ils s'empressèrent donc de remonter à bord comme ils le faisaient quand ils apercevaient des galères qu'ils redoutaient ou des vaisseaux de bonne prise. Ce qui les poussait à se hâter ainsi, c'était le temps qui se gâtait et semblait annoncer une tempête. Leonisa était à terre, mais quelque part où je ne pouvais l'apercevoir ; toutefois, pour l'embarquement, nous arrivâmes au même moment sur le rivage. Son nouveau maître et de plus fraîche date encore son nouvel amant la conduisait par la main, et comme elle montait sur l'échelle disposée entre la terre et la galiote, elle me chercha des yeux ; les miens, qui ne la quittaient pas, lui adressèrent alors un regard si plein de tendres sentiments et de douleur que ma vue, je ne sais comment, fut voilée par une nuée, et qu'aveuglé, privé de mes sens, je m'effondrai. On me dit par la suite que la même chose était arrivée à Leonisa, que l'on avait vue tomber de l'échelle dans la mer, et que Youssouf s'était élancé après elle, pour la ramener dans ses bras.

1. Sur la côte de Tripolitaine ; arrachée par les Ottomans aux chevaliers de Malte en 1551, elle devient une « régence barbaresque ».

Esto me contaron dentro de la galeota de mi amo, donde me habían puesto sin que yo lo sintiese; mas cuando volví de mi desmayo y me vi solo en la galeota, y que la otra, tomando otra derrota, se apartaba de nosotros, llevándose consigo la mitad de mi alma, o, por mejor decir, toda ella, cubrióseme el corazón de nuevo, y de nuevo maldije mi ventura y llamé a la muerte a voces; y eran tales los sentimientos que hacía, que mi amo, enfadado de oírme, con un grueso palo me amenazó que si no callaba me maltrataría. Reprimí las lágrimas, recogí los suspiros, creyendo que con la fuerza que les hacía reventarían por parte que abriesen puerta al alma, que tanto deseaba desamparar este miserable cuerpo; mas la suerte, aún no contenta de haberme puesto en tan encogido estrecho, ordenó de acabar con todo, quitándome las esperanzas de todo mi remedio; y fue que en un instante se declaró la borrasca que ya se temía, y el viento que de la parte de mediodía soplaba y nos embestía por la proa, comenzó a reforzar con tanto brío, que fue forzoso volverle la popa y dejar correr el bajel por donde el viento quería llevarle.

«Llevaba designio el arráez de despuntar la isla y tomar abrigo en ella por la banda del norte; mas sucedióle al revés su pensamiento, porque el viento cargó con tanta furia,

On me fit ce récit dans la galiote de mon maître, où l'on m'avait porté sans que je m'en rendisse compte; mais quand, tiré de mon évanouissement, je me trouvai seul sur la galiote et vis l'autre navire, qui prenait une autre route, s'éloigner en emportant avec lui la moitié de mon âme, ou pour mieux dire, mon âme tout entière, mon cœur s'obscurcit de nouveau, et de nouveau je maudis mon sort et appelai la mort à grands cris; et les transports auxquels je m'abandonnais étaient tels que, lassé de m'entendre, mon maître, armé d'un gros bâton, menaça de me rouer de coups si je ne me taisais pas. Je retins mes sanglots, contins mes soupirs et crus qu'ils allaient, sous l'effet de cette violence, enfoncer la porte de mon âme, qui désirait si vivement abandonner ce misérable corps; mais la fortune, qui n'était encore pas satisfaite de m'avoir livré à la contrainte [1], voulut en finir, en m'ôtant toute espérance de salut; en un instant se déchaîna la tempête qui s'était annoncée, et le vent du sud qui soufflait et donnait violemment sur la proue se mit à forcir avec une puissance telle que nous fûmes obligés de virer de bord et de rallier le vent, qui porta le vaisseau où il voulait.

« Le capitaine avait l'intention de doubler la pointe de l'île pour chercher l'abri de la côte Nord; mais il lui arriva tout le contraire de ce qu'il avait pensé, parce que la furie du vent était telle

1. *Poner a uno en estrecho* : « Contraindre quelqu'un, par la force ou par l'acharnement, à agir contre son gré. » *(D. de A.)*

que todo lo que habíamos navegado en dos días, en poco más de catorce horas nos vimos a seis millas o siete de la propia isla de donde habíamos partido, y sin remedio alguno íbamos a embestir en ella, y no en ninguna playa, sino en unas muy levantadas peñas que a la vista se nos ofrecían, amenazando de inevitable muerte a nuestras vidas. Vimos a nuestro lado la galeota de nuestra conserva, donde estaba Leonisa, y todos sus turcos y cautivos remeros haciendo fuerza con los remos para entretenerse y no dar en las peñas. Lo mismo hicieron los de la nuestra, con más ventaja y esfuerzo, a lo que pareció, que los de la otra, los cuales, cansados del trabajo y vencidos del tesón del viento y de la tormenta, soltando los remos, se abandonaron y se dejaron ir a vista de nuestros ojos a embestir en las peñas, donde dio la galeota tan grande golpe, que toda se hizo pedazos. Comenzaba a cerrar la noche, y fue tamaña la grita de los que se perdían y el sobresalto de los que en nuestro bajel temían perderse, que ninguna cosa de las que nuestro arráez mandaba se entendía ni se hacía; sólo se atendía a no dejar los remos de las manos, tomando por remedio volver la proa al viento y echar las dos áncoras a la mar para entretener con esto algún tiempo la muerte que por cierta tenían. Y aunque el miedo de morir era general en todos, en mí era muy al contrario,

qu'en un peu plus de quatorze heures, ayant refait tout le chemin parcouru ces deux derniers jours, nous n'étions plus qu'à six ou sept milles de l'île d'où nous étions partis, et précipités vers elle sans aucun recours, non pas sur une plage, mais sur l'un des flancs les plus escarpés que nous avions en vue et qui nous menaçait d'une mort inexorable. Nous aperçûmes à nos côtés, courant de conserve, la galiote où se trouvait Leonisa, avec tous ses Turcs et ses captifs qui faisaient force de rames pour retarder l'échéance et ne pas aller se fracasser sur les rochers. Les nôtres firent de même, avec plus de bonheur et de vigueur, sans doute, car les rameurs de l'autre galiote, épuisés par l'effort et vaincus par l'implacable rigueur du vent et de la tempête, perdirent courage, lâchèrent les rames et allèrent sous nos yeux donner contre les rochers, que la galiote heurta avec une violence telle qu'elle vola en éclats. La nuit commençait à tomber, et ceux qui se perdaient poussaient de si hauts cris, et l'alarme de ceux qui dans notre navire se voyaient perdus était si vive qu'aucun des ordres que lançait notre capitaine n'était entendu ni exécuté ; on ne se souciait que de ne pas lâcher la rame, en essayant de ramener la proue du navire contre le vent et de jeter les deux ancres pour retarder encore un peu la venue de la mort, que nous tenions pour certaine. Et alors que tous autour de moi avaient peur de mourir, je n'éprouvais rien de tel, au contraire,

porque con la esperanza engañosa de ver en el otro mundo a la que había tan poco que déste se había partido, cada punto que la galeota tardaba en anegarse o en embestir en las peñas, era para mí un siglo de más penosa muerte. Las levantadas olas que por encima del bajel y de mi cabeza pasaban, me hacían estar atento a ver si en ellas venía el cuerpo de la desdichada Leonisa.

«No quiero detenerme ahora, ¡oh Mahamut!, en contarte por menudo los sobresaltos, los temores, las ansias, los pensamientos que en aquella luenga y amarga noche tuve y pasé, por no ir contra lo que primero propuse de contarte brevemente mi desventura. Basta decirte que fueron tantos y tales, que si la muerte viniera en aquel tiempo, tuviera bien poco que hacer en quitarme la vida.

«Vino el día con muestras de mayor tormenta que la pasada, y hallamos que el bajel había virado un gran trecho, habiéndose desviado de las peñas un buen trecho, y llegádose a una punta de la isla : y viéndose tan a pique de doblarla, turcos y cristianos, con una nueva esperanza y fuerzas nuevas, al cabo de seis horas doblamos la punta, y hallamos más blando el mar y más sosegado, de modo que más facilmente nos aprovechamos de los remos, y abrigados con la isla tuvieron lugar los turcos de saltar en tierra para ir a ver si había quedado alguna reliquia de la galeota que la noche

car dans l'espoir trompeur de retrouver dans l'autre monde celle qui venait à peine de quitter celui-ci, tout retard de la galiote à sombrer ou à se fracasser sur les rochers était pour moi un siècle d'une plus pénible mort. Je scrutais les vagues démontées qui déferlaient sur le vaisseau et sur ma tête dans l'espoir qu'elles m'apporteraient le corps de l'infortunée Leonisa.

« Je ne m'attarderai pas à présent, ô Mahamoud, à te raconter par le menu les frayeurs, les terreurs, les angoisses et les pensées qui furent les miennes tout au long de cette interminable et amère nuit, puisque je t'ai promis de te narrer brièvement ma mésaventure. Je me contenterai de te dire qu'elles furent telles et en tel nombre que si la mort était alors venue me prendre, elle n'aurait pas rencontré de grande résistance.

« Le jour levant montra tous les signes d'une tempête plus terrible que la précédente. Nous découvrîmes alors que le navire avait largement dérivé et se trouvait maintenant à bonne distance des rochers, non loin d'une pointe de l'île ; Turcs et chrétiens recouvrèrent leurs espérances et les forces en voyant qu'ils étaient assez près pour pouvoir la doubler, ce que nous fîmes en effet, six heures plus tard ; le cap franchi, nous trouvâmes une mer plus douce et plus calme où nos rames nous permirent de serrer le vent plus facilement, et à l'abri de l'île, les Turcs purent descendre à terre pour aller voir s'il était resté quelque chose de la galiote qui la nuit

antes dio en las peñas; mas aún no quiso el cielo concederme el alivio que esperaba tener de ver en mis brazos el cuerpo de Leonisa, que, aunque muerto y despedazado, holgara de verle, por romper aquel imposible que mi estrella me puso de juntarme con él como mis buenos deseos merecían; y así rogué a un renegado que quería desembarcarse que le buscase y viese si la mar lo había arrojado a la orilla. Pero, como ya he dicho, todo esto me negó el cielo, pues al mismo instante tornó a embravecerse el viento de manera que el amparo de la isla no fue de algún provecho. Viendo esto Fetala, no quiso contrastar contra la fortuna, que tanto le perseguía, y así mandó poner el trinquete al árbol y hacer un poco de vela; volvió la proa a la mar y la popa al viento; y tomando él mismo el cargo del timón, se dejó correr por el ancho mar, seguro que ningún impedimento le estorbaría su camino; iban los remos igualados en la crujía y toda la gente sentada por los bancos y ballesteras, sin que en toda la galeota se descubriese otra persona que la del cómitre, que por más seguridad suya se hizo atar fuertemente al estanterol. Volaba el bajel con tanta lijereza, que en tres días y

1. *Ballesteras* : « Les sabords ou les ouvertures par lesquels, sur les navires [...], on tire à l'arbalète » (*D. de A.*). Arbalétrière : « Terme de marine ancienne. Lieu d'une galère d'où les soldats combattaient » (Littré).

2. Le comite est l'« officier préposé à la chiourme d'une galère »

précédente s'était écrasée contre les rochers; mais le ciel ne voulut même pas m'accorder la consolation que j'espérais trouver à tenir dans mes bras le corps de Leonisa que même sans vie et défait j'aurais eu plaisir à voir, pour surmonter enfin l'impossibilité où mon étoile m'avait mis de m'unir à lui comme mes honorables vœux le méritaient; je priai donc un renégat qui voulait débarquer de le chercher et de voir si la mer ne l'aurait pas rejeté sur le rivage. Mais ainsi que je l'ai dit, le ciel me refusa tout cela, car au même instant le vent redoubla de fureur au point que l'abri de l'île ne nous fut plus d'aucun profit. Voyant cela, Fetala ne voulut pas braver la fortune, qui le harcelait si bien, et donna l'ordre de hisser la vergue du mât de misaine et de donner un peu de voile; puis il amena la proue vers le large et la poupe au vent, s'installa lui-même au timon et laissa le navire courir vers la pleine mer, sûr qu'aucun obstacle n'entraverait ainsi sa marche, les rames rangées sur le passavant et tout le monde assis sur les bancs et les arbalétrières [1], si bien que l'on ne voyait personne sur la galiote, hormis le comite qui, par précaution, s'était solidement fait attacher au gaillard d'arrière [2]. Le navire volait sur les vagues avec une vélocité telle qu'en trois jours et

(Littré) ; l'*estanterol*, une « construction en bois entre la poupe et le passavant d'une galère, où le capitaine monte habituellement pour vérifier si tout va bien à bord » (*D. de A.*), description qui correspond à celle de notre gaillard d'arrière.

tres noches, pasando a la vista de Trápana, de Melazo y de Palermo, embocó por el Faro de Micina, con maravilloso espanto de los que iban dentro y de aquellos que desde la tierra los miraban.

«En fin, por no ser tan prolijo en contar la tormenta como ella lo fue en su porfía, digo que cansados, hambrientos y fatigados con tan largo rodeo, como fue bajar casi toda la isla de Sicilia, llegamos a Trípol de Berbería, adonde a mi amo, antes de haber hecho con sus levantes la cuenta del despojo, y dádoles lo que les tocaba, y su quinto al rey, como es costumbre, le dio un dolor de costado tal, que dentro de tres días dio con él en el infierno. Púsose luego el virrey de Trípol en toda su hacienda, y el alcaide de los muertos que allí tiene el Gran Turco, que, como sabes, es heredero de los que no le dejan en su muerte; estos dos tomaron toda la hacienda de Fetala, mi amo, y yo cupe a éste que entonces era virrey de Trípol, y de allí a quince días le vino la patente de virrey de Chipre, con el cual he venido hasta aquí sin intento de rescatarme, porque él me ha dicho muchas veces que me rescate, pues soy hombre principal, como se lo dijeron [a] los soldados de Fetala,

1. Cervantes a choisi le Faro, au lieu de la pointe ou du détroit; il s'agit sans doute d'une antonomase régionale adoptée pendant la convalescence à Messine, que nous préférons conserver.

trois nuits, après être passé en vue de Trapani, Palerme et Milazzo, il doubla le Faro de Messine [1], à la frayeur émerveillée de ceux qui s'y trouvaient et de ceux qui, de la terre, les regardaient.

« Enfin, pour ne pas être, en te racontant cette tempête, aussi prolixe qu'elle fut opiniâtre, je te dirai qu'épuisés, affamés et lassés par un si long périple, qui nous fit descendre presque toute la côte sicilienne, nous arrivâmes à Tripoli de Barbarie, où mon maître, avant d'avoir fait le compte du butin avec ses *levantes* [2], de leur avoir donné la part qui leur revenait et au roi le cinquième, comme c'est l'usage, eut une fluxion de poitrine qui en trois jours l'entraîna aux enfers. Tous ses biens tombèrent aussitôt aux mains du vice-roi de Tripoli et du caïd des morts nommé par le Grand Turc à qui, comme tu le sais, revient la fortune de ceux qui meurent sans héritier ; tous deux se partagèrent tout ce que possédait Fetala, mon maître ; je fus dévolu à celui qui alors était vice-roi de Tripoli et qui, une quinzaine de jours plus tard, fut nommé vice-roi de Chypre ; c'est avec lui que je suis venu jusqu'ici sans intention de me racheter, bien qu'il m'ait engagé maintes fois à le faire, puisque je suis un gentilhomme, ainsi que l'ont affirmé les soldats de Fetala ;

2. Harry Sieber, que nous suivons, donne et commente les deux orthographes du mot, qui désignent les gens de mer, corsaires, pirates de la Méditerranée du Sud-Est (voir note 2, p. 46) : l'orthographe du mot se fixe peu à peu à cette époque.

jamás he acudido a ello, antes le he dicho que le engañaron los que le dijeron grandezas de mi posibilidad. Y si quieres, Mahamut, que te diga todo mi pensamiento, has de saber que no quiero volver a parte donde por alguna vía pueda tener cosa que me consuele, y quiero que juntándose a la vida del cautiverio los pensamientos y memorias que jamás me dejan de la muerte de Leonisa, vengan a ser parte para que yo no la tenga jamás de gusto alguno. Y si es verdad que los conti[n]uos dolores forzosamente se han de acabar o acabar a quien los padece, los míos no podrán dejar de hacerlo, porque pienso darles rienda de manera que a pocos días den alcance a la miserable vida que tan contra mi voluntad sostengo.

«Éste es, ¡oh Mahamut hermano!, el triste suceso mío; ésta es la causa de mis suspiros y de mis lágrimas; mira tú ahora y considera si es bastante para sacarlos de lo profundo de mis entrañas y para engendrarlos en la sequedad de mi lastimado pecho. Leonisa murió, y con ella mi esperanza, que puesto que la que tenía ella viviendo se sustentaba de un delgado cabello, todavía, todavía...

mais je n'en ai rien fait, et lui ai même dit qu'on l'avait trompé en lui vantant l'importance de mes ressources. Et si tu veux connaître, Mahamoud, le fond de ma pensée, sache que je ne veux retourner en nul lieu qui puisse m'offrir, d'une manière ou d'une autre, une consolation, et je désire que les pensées et les souvenirs de la mort de Leonisa qui jamais ne me quittent, s'ajoutant à ma vie de captif, soient si intimement mêlés à elle que je ne puisse jamais plus lui trouver aucun goût. Et s'il est vrai que les grandes douleurs trouvent infailliblement leur fin ou entraînent celle de qui les subit, les miennes devront bien faire leur office, car je veux leur laisser la bride sur le cou afin qu'en quelques jours elles mettent un terme à la misérable existence que j'endure en dépit de toute ma volonté.

« C'est là, Mahamoud, ô mon frère, ma triste aventure ; c'est elle qui est la cause de mes soupirs et de mes larmes ; considère et juge à présent si elle ne suffit pas à tirer les uns du fond de mes entrailles et à faire naître les autres de la sécheresse de mon cœur blessé. Leonisa est morte, et avec elle mon espérance [1] qui, de son vivant, se nourrissait d'une chevelure légère, et cependant, cependant... »

1. Le chant et les larmes orphiques se manifestent ici clairement. Bien que la figure d'Orphée, à travers les âges, n'ait jamais cessé de captiver, la Renaissance lui imprima un élan particulièrement fécond.

Y en este «todavía» se le pegó la lengua al paladar, de manera que no pudo hablar más palabra ni detener las lágrimas que, como suele decirse, hilo a hilo le corrían por el rostro en tanta abundancia, que llegaron a humedecer el suelo. Acompañóle en ellas Mahamut; pero pasándose aquel parasismo causado de la memoria renovada en el amargo cuento, quiso Mahamut consolar a Ricardo con las mejores razones que supo; mas él se las atajó, diciéndole:

– Lo que has de hacer, amigo, es aconsejarme qué haré yo para caer en desgracia de mi amo y de todos aquellos con quien yo comunicare, para que, siendo aborrecido dél y dellos, los unos y los otros me maltraten y persigan de suerte que, añadiendo dolor a dolor y pena a pena, alcance con brevedad lo que deseo, que es acabar la vida.

– Ahora he hallado ser verdadero–dijo Mahamut–, lo que suele decirse, que lo que se sabe sentir se sabe decir, puesto que algunas veces el sentimiento enmudece la lengua; pero como quiera que ello sea, Ricardo, ora llegue tu dolor a tus palabras, ora ellas se le aventajen, siempre has de hallar en mí un verdadero amigo o para ayuda o para consejo; que aunque mis pocos años y el desatino que he hecho en vestirme este hábito están dando voces que de ninguna destas dos cosas que te ofrezco se puede fiar ni esperar alguna, yo procuraré que no salga verdadera esta sospecha, ni pueda tenerse por cierta tal opinión,

Et ce «cependant» lui resta dans la gorge, de sorte qu'il fut incapable de dire un mot de plus et de contenir les larmes qui roulaient, comme on dit, sur son visage, s'écrasaient d'abondance dans la poussière, et que la terre buvait. Mahamoud y joignit les siennes; mais passé ce paroxysme induit par le rappel de la saveur amère du récit, Mahamoud voulut consoler Ricardo avec les meilleurs arguments qu'il put trouver; mais ce dernier le prit de court et dit :

«Il te faut m'indiquer, mon ami, ce que je dois faire pour tomber en disgrâce auprès de mon maître et de tous ceux auxquels j'ai affaire, afin qu'en butte à sa haine et à celle de tous, je sois par tous maltraité et persécuté; alors, ajoutant douleur à douleur et chagrin à chagrin, je parviendrai vite à mon but, qui est de quitter la vie.

— Je mesure à présent, dit Mahamoud, l'exactitude de la formule qui veut que qui bien sent bien dise, encore que parfois ce que l'on ressent rende muet; mais quoi qu'il en soit, Ricardo, que ta douleur soit telle que tu le dis ou que tes paroles la fassent plus qu'elle n'est, tu trouveras toujours en moi un ami sincère, pour te venir en aide ou te conseiller; et même si mon jeune âge et la folie que j'ai commise en adoptant ce vêtement clament que tu ne dois pas te fier à mes deux offres ni rien attendre de ma part, j'agirai de manière que ce soupçon se révèle faux, et ne puisse être considéré autrement,

y puesto que tú no quieras ni ser aconsejado ni favorecido, no por eso dejaré de hacer lo que te conviniere, como suele hacerse con el enfermo que pide lo que no le dan y le dan lo que le conviene. No hay en toda esta ciudad quien pueda ni valga más que el cadí, mi amo, ni aun el tuyo, que viene por visorrey della, ha de poder tanto; y siendo esto así, como lo es, yo puedo decir que soy el que más puede en la ciudad, pues puedo con mi patrón todo lo que quiero. Digo esto, porque podría ser dar traza con él para que vinieses a ser suyo, y estando en mi compañía, el tiempo nos dirá lo que habemos de hacer, a ti para consolarte, si quieres o pudieres tener consuelo, y a mí para salir désta a mejor vida, o, al menos, a parte donde la tenga más segura cuando la deje.

–Yo te agradezco–respondió Ricardo–, Mahamut, la amistad que me ofreces, aunque estoy cierto que, con cuanto hicieres, no has de poder cosa que en mi provecho resulte. Pero dejemos ahora esto, y vamos a las tiendas, porque, a lo que veo, sale de la ciudad mucha gente, y sin duda es el antiguo virrey que sale a estarse en la campaña por dar lugar a mi amo que entre en la ciudad a hacer la residencia.

– Así es –dijo Mahamut–; ven, pues, Ricardo,

et bien que tu ne veuilles ni de mes faveurs ni de mes conseils, je ne cesserai pas pour autant d'agir pour ton bien, comme on le fait avec un malade qui réclame ce qu'il ne lui faut pas et auquel on donne ce qui est bon pour lui. Il n'y a personne dans toute la ville qui puisse et vaille davantage que le cadi, mon maître; même le tien, qui en est le nouveau vice-roi, n'a pas un aussi grand pouvoir; et les choses étant ce qu'elles sont, je puis dire que dans la ville je suis celui qui peut le plus, puisque je puis tout obtenir de lui. Si je te parle de la sorte, c'est parce que je pourrais m'entremettre pour toi auprès de lui afin qu'il soit aussi le tien, et nous pourrons ainsi guetter ensemble l'occasion qui nous sera offerte, à toi de trouver quelque consolation, si tu le veux ou si tu le peux, et à moi, d'abjurer cette vie pour une vie meilleure ou tout au moins de trouver un endroit où, en l'abjurant, je serais plus en sûreté qu'ici.

— Je te remercie, Mahamoud, répondit Ricardo, de l'amitié que tu m'offres, mais je demeure persuadé que rien de ce que tu pourrais faire ne me serait d'un grand secours. Mais laissons cela, pour l'instant, et allons jusqu'aux tentes, car il me semble qu'une foule importante sort de la ville; sans doute est-ce l'ex-vice-roi qui va s'installer dans la campagne pour permettre à mon maître d'entrer dans la ville afin de se présenter devant le juge résident.

— En effet, dit Mahamoud; viens, Ricardo;

y verás las ceremonias con que se reciben; que sé que gustarás de verlas.

– Vamos en buena hora –dijo Ricardo–; quizá te habré menester, si acaso el guardián de los cautivos de mi amo me ha echado menos, que es un renegado, corso de nación y de no muy piadosas entrañas.

Con esto dejaron la plática, y llegaron a las tiendas a tiempo que llegaba el antiguo bajá, y el nuevo le salía a recebir a la puerta de la tienda.

Venía acompañado Alí Bajá, que así se llamaba el que dejaba el gobierno, de todos los jenízaros que de ordinario están de presidio en Nicosia después que los turcos la ganaron, que serían hasta quinientos. Venían en dos alas o hileras, los unos con escopetas y los otros con alfanjes desnudos. Llegaron a la puerta del nuevo bajá Hazán, la rodearon todos, y Alí Bajá, inclinando el cuerpo, hizo reverencia a Hazán, y él con menos inclinación le saludó; luego se entró Alí en el pabellón de Hazán, y los turcos le subieron sobre un poderoso caballo, ricamente aderezado, y trayéndole a la redonda de las tiendas y por todo un buen espacio de la campaña, daban voces y gritos, diciendo en su lengua : «¡Viva, viva Solimán sultán y Hazán Bajá en su nombre!». Repitieron esto muchas veces,

1. Soliman Ier, dit le Magnifique (1494-1566) ; dixième sultan ottoman, s'empare successivement de Belgrade (1521), Rhodes (1522), Buda (1526), Tabriz et Bagdad (1534). Échoue devant

tu vas voir avec quelles cérémonies ils se reçoivent; cela te divertira.

— Soit; allons-y, dit Ricardo; peut-être aurai-je besoin de toi, si le gardien des captifs de mon maître, qui est un renégat, un Corse sans grand cœur, a remarqué mon absence. »

Leur discussion s'acheva sur ces mots, et ils arrivèrent devant les pavillons comme y arrivait aussi l'ancien pacha et que le nouveau sortait de sa tente pour l'accueillir.

L'ancien gouverneur, qui s'appelait Ali-pacha, venait avec tous les janissaires, environ cinq cents soldats d'élite qui occupaient la garnison de Nicosie depuis que les Turcs s'étaient emparés de la ville. Ils marchaient en colonne ou en rang par deux, les uns armés d'escopettes, les autres cimeterres au clair. Ils arrivèrent devant l'entrée de la tente de Hassan, le nouveau pacha, devant laquelle ils se rangèrent en demi-cercle, et Ali-pacha, s'inclinant, fit la révérence à Hassan qui se courba à peine pour lui rendre son salut; puis Ali entra dans le pavillon de Hassan; les Turcs mirent celui-ci en selle sur un magnifique cheval richement harnaché, et lui firent faire le tour des tentes et de la campagne environnante, en lançant dans leur langue : « Vive le sultan Soliman [1] ! Vive Hassan-pacha, en son nom ! » Ils le répétèrent encore et encore,

Vienne. Ses corsaires Khayr al-Din Barberousse, Piyale Pasa et Dragut mènent de fructueuses opérations en mer, occupent Tunis, Nice et Djerba.

reforzando las voces y los alaridos, y luego le volvieron a la tienda, donde había quedado Alí Bajá, el cual, con el cadí y Hazán, se encerraron en ella por espacio de una hora solos.

Dijo Mahamut a Ricardo que se habían encerrado a tratar de lo que convenía hacer en la ciudad acerca de las obras que Alí dejaba comenzadas. De allí a poco tiempo salió el cadí a la puerta de la tienda, y dijo a voces en lengua turquesa, arábiga y griega, que todos los que quisiesen entrar a pedir justicia, o otra cosa contra Alí Bajá, podrían entrar libremente; que allí estaba Hazán Bajá, a quien el Gran Señor enviaba por virrey de Chipre que les guardaría toda razón y justicia. Con esta licencia, los jenízaros dejaron desocupada la puerta de la tienda y dieron lugar a que entrasen los que quisiesen. Mahamut hizo que entrase con él Ricardo, que, por ser esclavo de Hazán, no se le impidió la entrada.

Entraron a pedir justicia, así griegos cristianos como algunos turcos, y todos de cosas de tan poca importancia, que las más despachó el cadí sin dar traslado a la parte, sin autos, demandas ni respuestas, que todas las causas, si no son las matrimoniales, se despachan en pie y en un punto, más a juicio de buen varón que por ley alguna. Y entre aquellos bárbaros, si lo son en esto, el cadí es el juez competente de todas las causas,

1. Cervantes commence à écrire les *Nouvelles exemplaires* en 1592, elles ne seront publiées qu'en 1613, et on sait qu'entretemps, il n'a cessé d'y travailler. C'est aussi en 1592 qu'il est

poussant leurs voix et leurs clameurs, puis le ramenèrent au pavillon où était resté Ali-pacha, lequel se retira dans la tente avec le cadi et Hassan, où ils demeurèrent un moment à s'entretenir sans témoin.

Mahamoud dit à Ricardo qu'ils s'étaient retirés afin d'examiner ce qu'il convenait de faire en ville pour poursuivre les œuvres entreprises par Ali. Peu après, le cadi parut à l'entrée de la tente et annonça en turc, en grec et en arabe que tous ceux qui le voulaient pouvaient entrer réclamer justice ou déposer leurs plaintes contre Ali-pacha, sans nulle contrainte, devant Hassan-pacha, vice-roi de Chypre au nom du Grand Seigneur, qui leur rendrait à tous raison et justice. Cette permission une fois accordée, les janissaires s'écartèrent de l'entrée de la tente pour laisser passer ceux qui le désiraient. Mahamoud y entraîna Ricardo, auquel on n'interdit pas le passage, puisqu'il était l'esclave de Hassan.

Des Grecs chrétiens, ainsi que quelques Turcs, vinrent demander justice, pour des affaires de si peu d'importance que le cadi les expédia sans en référer à la partie, sans actes, sans demandes ni réponses, car toutes les affaires, hormis les matrimoniales, se règlent tambour battant et sans délai, plus par l'effet du bon sens que par celui d'une loi ou d'une autre. Et parmi ces barbares — s'ils le sont, en cela [1] — le cadi est seul juge de toute cause,

emprisonné pour la première fois à Séville, et cette incise manifeste bien les sentiments qu'ont pu lui inspirer ses démêlés avec la justice sévillane.

que las abrevia en la uña y las sentencia en un soplo, sin que haya apelación de su sentencia para otro tribunal.

En esto entró un chauz, que es como alguacil, y dijo que estaba a la puerta de la tienda un judío que traía a vender una hermosísima cristiana; mandó el cadí que le hiciese entrar; salió el chauz, y volvió a entrar luego, y con él un venerable judío, que traía de la mano a una mujer vestida en hábito berberisco, tan bien aderezada y compuesta, que no lo pudiera estar tan bien la más rica mora de Fez ni de Marruecos, que en aderezarse llevan la ventaja a todas las africanas, aunque entren las de Argel con sus perlas tantas. Venía cubierto el rostro con tafetán carmesí; por las gargantas de los pies que se descubrían, parecían dos carcajes, que así se llaman las manillas en arábigo, al parecer de puro oro; y en los brazos, que asimismo por una camisa de cendal delgado se descubrían o traslucían, traía otros carcajes de oro sembrados de muchas perlas; en resolución, en cuanto al traje, ella venía rica y gallardamente aderezada.

Admirados desta primera vista el cadí y los demás bajaes, antes que otra cosa dijesen ni preguntasen, mandaron al judío que hiciese que se quitase el antifaz la cristiana;

et qu'il l'écarte d'une pichenette ou se prononce d'un soupir, son jugement est sans appel.

Sur ces entrefaites entra un chiaoux, qui est une sorte d'alguazil [1], pour annoncer qu'à l'entrée de la tente attendait un juif qui cherchait à vendre une chrétienne d'une grande beauté ; le cadi ordonna qu'on le fît entrer ; le chiaoux sortit et revint bientôt accompagné d'un vénérable juif qui tenait par la main une femme vêtue d'un habit barbaresque, mieux parée et ajustée qu'eût pu l'être la plus riche des Mauresques de Fez ou du Maroc, qui pour la parure l'emportent sur toutes les autres Africaines, même si l'on compte les Algériennes avec toutes leurs perles. Son visage était couvert d'un masque de taffetas cramoisi, à ses chevilles découvertes on pouvait voir deux manilles, que les Arabes appellent *carcadj*, qui semblaient d'or pur, et à ses bras, que découvrait ou laissait deviner une chemise de la soie la plus fine, des bracelets d'or semés de nombreuses perles ; en un mot, quant à la mise, des plus riches, elle était tout à son avantage.

Stupéfaits, à première vue, le cadi et les deux pachas, avant de faire la moindre remarque ou de demander quoi que ce soit, ordonnèrent au juif de dire à la chrétienne d'ôter son masque ;

1. Chiaoux : « Espèce d'huissier ou d'envoyé turc. "Un chiaoux, dépêché par le Grand Seigneur, arriva en France... " Saint-Simon » (Littré). Alguazil : « Officier de police en Espagne » (Littré).

hízolo así, y descubrió un rostro que así deslumbró los ojos y alegró los corazones de los circunstantes, como el sol que por entre cerradas nubes, después de mucha escuridad, se ofrece a los ojos de los que le desean : tal era la belleza de la cautiva cristiana, y tal su brío y su gallardía. Pero en quien con más efeto hizo impresión la maravillosa luz que había descubierto, fue en el lastimado Ricardo, como en aquel que mejor que otro la conocía, pues era su cruel y amada Leonisa, que tantas veces y con tantas lágrimas por él había sido tenida y llorada por muerta. Quedó a la improvisa vista de la singular belleza de la cristiana, traspasado y rendido el corazón de Alí, y en el mismo grado y con la misma herida se halló el de Hazán, sin quedarse exento de la amorosa llaga el del cadí, que más suspenso que todos, no sabía quitar los ojos de los hermosos de Leonisa. Y para encarecer las poderosas fuerzas de amor, se ha de saber que en aquel mismo punto nació en los corazones de los tres una, a su parecer, firme esperanza de alcanzarla y de gozarla; y así, sin querer saber el cómo, ni el dónde, ni en cuándo había venido a poder del judío, le preguntaron el precio que por ella quería.

El codicioso judío respondió que cuatro mil doblas, que vienen ser dos mil escudos; mas apenas hubo declarado el precio, cuando Alí Bajá dijo que él los daba por ella, y que fuesen luego a contar el dinero a su tienda; empero Hazán Bajá,

elle le fit et dévoila un visage qui éblouit les regards et émut les cœurs de l'assemblée, comme le soleil, entre d'épaisses nuées, après l'ombre profonde, s'offre aux regards qui languissaient après lui : telle était la beauté de la captive chrétienne, et tels ses grâces et ses avantages. Mais celui sur qui la découverte de la lumière merveilleuse fit la plus forte impression fut le pauvre Ricardo, car il la connaissait mieux que personne, puisque c'était celle de sa Leonisa aimée et cruelle que si souvent et avec tant de larmes il avait tenue pour morte et pleurée. À l'aspect imprévu de l'exceptionnelle beauté de la chrétienne, le cœur d'Ali fut percé et vaincu, comme le fut celui de Hassan, par la même blessure, au même degré, et le trait de l'amour n'épargna pas non plus celui du cadi qui, plus saisi encore que les autres, ne pouvait détacher son regard des beaux yeux de Leonisa. Et il faut dire, en hommage aux puissances de l'amour, qu'au même instant poignit, dans le cœur de tous trois, la violente espérance de la remporter et d'obtenir ses faveurs; ce fut ainsi que sans même s'inquiéter de savoir comment le juif l'avait obtenue ni où ni quand elle était tombée en son pouvoir, ils lui demandèrent quel était son prix.

Le juif cupide répondit qu'il la céderait pour quatre mille pistoles, ce qui fait deux mille écus; à peine eut-il annoncé le prix qu'Ali-pacha dit qu'il était preneur, et invita le juif à le suivre dans sa tente pour lui compter l'argent; mais Hassan-pacha,

que estaba de parecer de no dejarla, aunque aventurase en ello la vida, dijo :

– Yo asimismo doy por ella las cuatro mil doblas que el judío pide, y no las diera ni me pusiera a ser contrario de lo que Alí ha dicho si no me forzara lo que él mismo dirá que es razón que me obligue y fuerce, y es que esta gentil esclava no pertenece para ninguno de nosotros, sino para el Gran Señor solamente; y así digo que en su nombre la compro : veamos ahora quién será el atrevido que me la quite.

–Yo seré –replicó Alí–, porque para el mismo efeto la compro, y estáme a mí más a cuento hacer al Gran Señor este presente por la comodidad de llevarla luego a Constantinopla, granjeando con él la voluntad del Gran Señor; que como hombre que quedo, Hazán, como tú ves, sin cargo alguno, he menester buscar medios de tenelle, de lo que tú estás seguro por tres años, pues hoy comienzas a mandar y a gobernar este riquísimo reino de Chipre; así que por estas razones y por haber sido yo el primero que ofrecí el precio por la cautiva, está puesto en razón, ¡oh Hazán!, que me la dejes.

– Tanto más es de agradecerme a mí– respondió Hazán– el procurarla y enviarla al Gran Señor, cuanto lo hago sin moverme a ello interés alguno; y en lo de comodidad de llevarla,

qui avait bien l'air de ne pas vouloir lâcher prise, fût-ce au prix de sa vie, intervint :

«Je donne moi aussi les quatre mille pistoles que le juif demande, ce que je ne ferais pas, pour ne pas m'opposer à Ali, si je n'y étais forcé par ce que lui-même considérera comme une raison impérative contre laquelle on ne peut aller, qui est que cette belle esclave n'appartient à aucun de nous, mais au Grand Seigneur exclusivement; je déclare donc que je l'achète en son nom : voyons à présent qui sera assez impudent pour me la disputer.

— Moi, répliqua Ali, car je l'achète dans la même intention, et je suis mieux placé que toi pour en faire présent au Grand Seigneur puisque je puis l'emmener sans délai à Constantinople, et gagner ainsi les bonnes grâces du Grand Seigneur; car tu le sais bien, Hassan, pour un homme qui, comme moi, se retrouve sans charge aucune, tous les moyens d'en obtenir une sont bons, alors que toi, te voilà tranquille pour trois ans, puisque tu commandes et gouvernes dès aujourd'hui ce richissime royaume de Chypre; pour cela, et puisque j'ai été le premier à offrir le prix de la captive, la raison commande, ô Hassan, que tu me la laisses.

— Je suis beaucoup plus digne que toi de reconnaissance, répliqua Hassan, parce que en procurant et en envoyant la captive au Grand Seigneur, je ne suis animé par aucun intérêt personnel; et pour ce qui est de la commodité du transport,

una galeota armaré con sola mi chusma y mis esclavos, que la lleve. Azoróse con estas razones Alí, y, levantándose en pie, empuñó el alfanje, diciendo :

–Siendo, ¡oh Hazán!, mis intentos unos, que es presentar y llevar esta cristiana al Gran Señor, y habiendo sido yo el comprador primero, está puesto en razón y en justicia que me la dejes a mí; y cuando otra cosa pensares, este alfanje que empuño defenderá mi derecho y castigará tu atrevimiento.

El cadí, que a todo estaba atento, y que no menos que los dos ardía, temeroso de quedar sin la cristiana, imaginó cómo poder atajar el gran fuego que se había encendido, y juntamente quedarse con la cautiva, sin dar alguna sospecha de su dañada intención; y así, levantándose en pie, se puso entre los dos, que ya también lo estaban, y dijo :

– Sosiégate, Hazán, y tú, Alí, estáte quedo; que yo estoy aquí, que sabré y podré componer vuestras diferencias de manera que los dos consigáis vuestros intentos, y el Gran Señor, como deseáis, sea servido.

A las palabras del cadí obedecieron luego; y aun si otra cosa más dificultosa les mandara, hicieran lo mismo,

j'armerai une galiote, avec mes propres rameurs [1] et mes esclaves, qui l'emportera. » Irrité par ces propos, Ali se leva, et empoigna son cimeterre en disant :

« Puisque j'ai moi aussi l'intention, ô Hassan, de conduire et de présenter la chrétienne au Grand Seigneur, et puisque j'ai été le premier acheteur, la raison et la justice commandent que tu me la laisses ; et si tu as autre chose en tête, je remets la défense de mon droit et le châtiment de ton insolence à cette lame que je tire. »

Le cadi, qui avait suivi tout cela avec beaucoup d'attention, et qui n'était pas moins épris et inquiet de se voir privé de la chrétienne, trouva un expédient pour étouffer l'incendie qui venait de prendre et pour obtenir du même coup la captive, sans révéler aucunement sa perfide intention : il se leva donc, s'interposa entre les deux autres, qui s'étaient déjà dressés, et dit :

« Paix, Hassan ; et toi, Ali, tiens-toi tranquille ; vous pouvez compter sur moi, qui saurai et pourrai régler votre différend de sorte que tous deux obteniez satisfaction, en obligeant le Grand Seigneur, comme vous le désirez. »

À ces paroles du cadi, ils obéirent aussitôt ; et ils auraient fait de même s'il leur avait donné un ordre plus difficile à exécuter,

1. *Chusma* : « Les galériens, forçats et gens sans feu ni lieu qui rament dans les galères » (*D. de A.).*

tanto es el respecto que tienen a sus canas los de aquella dañada secta. Prosiguió, pues, el cadí, diciendo :

– Tú dices, Alí, que quieres esta cristiana para el Gran Señor, y Hazán dice lo mismo; tú alegas que por ser el primero en ofrecer el precio ha de ser tuya; Hazán te lo contradice; y aunque él no sabe fundar su razón, yo hallo que tiene la misma que tú tienes, y es la intención, que sin duda debió de nacer a un mismo tiempo que la tuya, en querer comprar la esclava para el mismo efeto; sólo le llevaste tú la ventaja en haberte declarado primero, y esto no ha de ser parte para que de todo en todo quede defraudado su buen deseo; y así me parece ser bien concertaros en esta forma : que la esclava sea de entrambos, y pues el uso della ha de quedar a la voluntad del Gran Señor, para quien se compró, a él toca disponer della y en tanto pagarás tú, Hazán, dos mil doblas, y Alí otras dos mil, y quedárase la cautiva en poder mío para que en nombre de entrambos yo la envíe a Constantinopla, por que no quede sin algún premio, siquiera por haberme hallado presente; y así me ofrezco de enviarla a mi costa, con la autoridad y decencia que se debe a quien se envía,

si grand est le respect que témoignent aux anciens les membres de cette secte damnée. Le cadi poursuivit donc :

« Tu dis, Ali, que tu veux cette chrétienne pour l'offrir au Grand Seigneur, et Hassan dit de même : tu allègues qu'étant le premier à en avoir offert le prix elle doit être à toi; Hassan s'y oppose, et bien qu'il ne sache nous dire pourquoi, je crois que c'est pour un motif qui ne doit guère différer du tien, et qui est l'intention, sans doute née en lui au même instant qu'en toi, d'acheter l'esclave dans le même dessein [1]; tu n'as comme avantage que de l'avoir déclaré le premier, ce qui ne doit pas être négligé pour que tu ne sois pas tout à fait frustré en ton noble désir, et il me semble donc que vous pourriez vous entendre de la manière suivante : que l'esclave soit à vous deux, et puisque sa destination doit rester aux mains du Grand Seigneur, pour qui elle est achetée, lui seul peut disposer d'elle; en attendant tu vas payer, toi, Hassan, deux mille pistoles, et Ali deux mille également, et la captive me sera remise et c'est moi qui l'enverrai, en votre nom à tous deux, à Constantinople, afin que je sois également récompensé, ne serait-ce que pour mon entremise; c'est pourquoi je m'offre à l'envoyer à mes frais, avec tout l'éclat et la décence dus à celui à qui nous l'envoyons,

1. Le discours filandreux du cadi ne doit pas surprendre, puisqu'en vieux finaud il cherche à noyer le poisson; on sent ici l'écrivain de théâtre, celui des *Comédies* et des *Intermèdes*.

escribiendo al Gran Señor todo lo que aquí ha pasado y la voluntad que los dos habéis mostrado a su servicio.

No supieron, ni pudieron, ni quisieron contradecirle los dos enamorados turcos, y aunque vieron que por aquel camino no conseguían su deseo, hubieron de pasar por el parecer del cadí, formando y criando cada uno allá en su ánimo una esperanza que, aunque dudosa, les prometía poder llegar al fin de sus encendidos deseos. Hazán, que se quedaba por virrey en Chipre, pensaba dar tantas dádivas al cadí, que, vencido y obligado, le diese la cautiva. Alí imaginó de hacer un hecho que le aseguró salir con lo que deseaba, y teniendo por cierto cada cual su designio, vinieron con facilidad en lo que el cadí quiso, y de consentimiento y voluntad de los dos se la entregaron luego, y luego pagaron al judío cada uno dos mil doblas. Dijo el judío que no la había de dar con los vestidos que tenía, porque valían otras dos mil doblas, y así era la verdad, a causa que en los cabellos que parte por las espaldas sueltos traía, y parte atados y enlazados por la frente, se parecían algunas hileras de perlas que con extremada gracia se enredaban con ellos. Las manillas de los pies y manos asimismo venían llenas de gruesas perlas. El vestido era una almalafa de raso verde, toda bordada y llena de trencillas de oro : en fin, les pareció a todos que el judío anduvo corto en el precio que pidió por el vestido, y el cadí,

1 En 1613, avec une dédicace au comte de Lemos qui était l'un de ses protecteurs, Miguel de Cervantes publie les *Nouvelles exemplaires*. Ci-dessus, un portrait de l'écrivain.

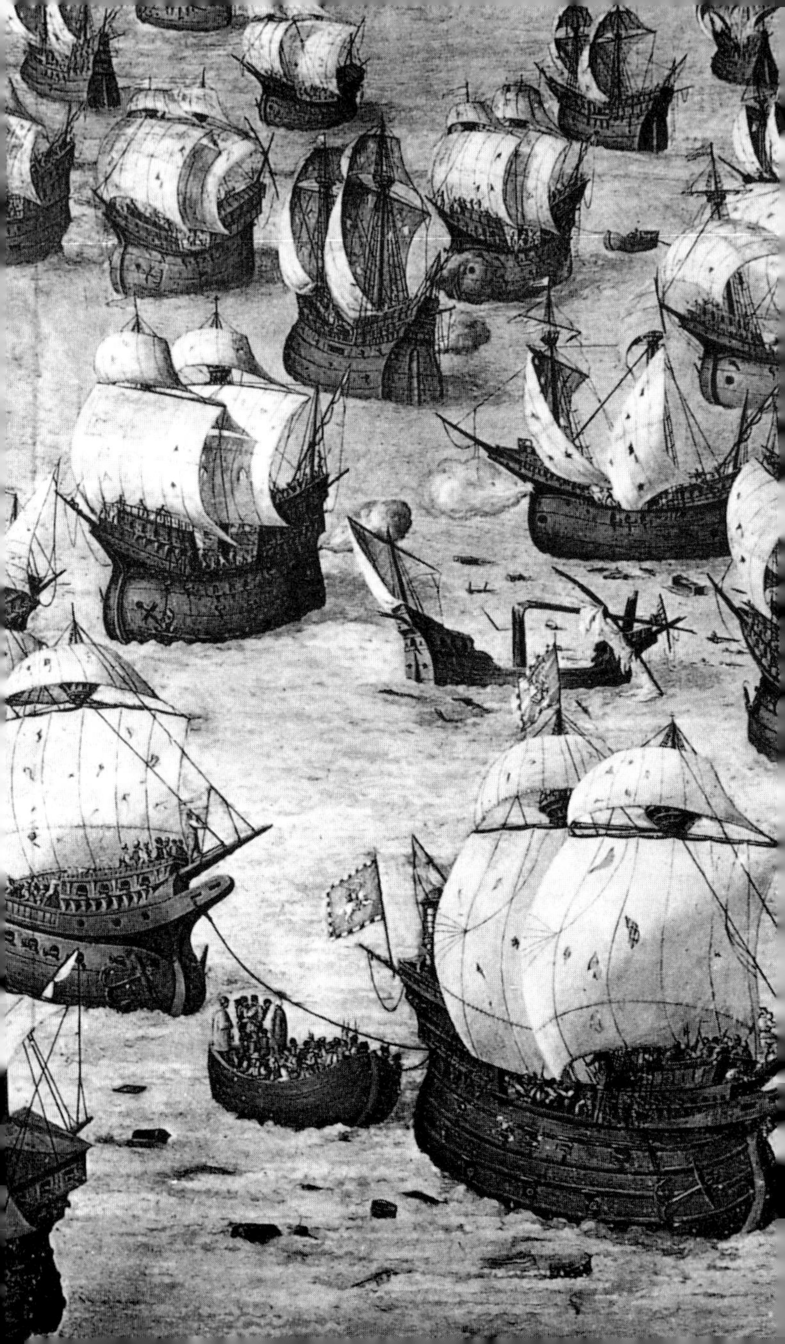

3

4

Vers 1564, Cervantes cherche fortune dans les armes. Il prendra part à la célèbre bataille de Lépante et en 1575, alors que les hasards de la vie militaire l'entraînent sur les côtes de France, il sera fait prisonnier par des renégats turcs et conduit à Alger. Ces épisodes servent de cadre aux aventures de Ricardo.

2 L'Armada espagnole, fresque anonyme, vers 1600. Collection El Escorial.
3 Enrôlement de Cervantes, peinture de Zamacais, 1863.
4 Fantassins allemands et espagnols, gravure du XVIIe siècle, Bibliothèque nationale, Paris.

5

Cervantes, dont la vie a souvent inspiré l'œuvre, a peint avec force les êtres humains et la société espagnole de son temps. Au cours de ses séjours à Madrid, il se lia avec les meilleurs écrivains espagnols, dont Quevedo.

5 Place de Madrid, peinture du XVIIe siècle. Collection particulière.
6 « Concubine avec enfant en Espagne », gravure extraite de Jost Amman, *Habitus praecipuorum popolarum*, 1577.
7 Portrait de Francisco de Quevedo par Velázquez (copie). Instituto Valencia de Don Juan, Madrid.

SACERDOTIS HISPANICI
concubinæ vestitus,

6

D, fran.co de quebed

7

NOUVELLES EXEMPLAIRES DE MICHEL DE CERVANTES SAAVEDRA

Auteur de Don QUICHOTTE.

TRADUCTION ET
EDITION NOUVELLE.

Augmentée de trois NOUVELLES qui n'avoient point été traduites en François, & de la VIE de l'AUTEUR.

PAR Mr. L'ABBE'
S. MARTIN DE CHASSONVILLE.

Enrichie de Figures en taille douce.

TOME PREMIER.

A LAUSANNE & à GENEVE,

9

10

« Le navire volait sur les vagues avec une vélocité telle qu'en trois jours et trois nuits, après être passé en vue de Trapani, Palerme et Milazzo, il doubla le Faro de Messine, à la frayeur émerveillée de ceux qui s'y trouvaient et de ceux qui, de la terre, les regardaient. »

8 Page de titre d'une édition des *Nouvelles exemplaires* de 1744.
9 Portrait de Cervantes en frontispice d'une édition des *Nouvelles exemplaires*, gravure.
10 Carte de la Sicile extraite de la *Cosmographie universelle* de Sébastien Münster, 1568.

11

12

11 Théodore Géricault : *Paysage aux pêcheurs*, Bayerische Neue Pinakothek, Munich.

12 Théodore Géricault : *Tête d'Oriental*, musée des Beaux-Arts, Besançon.

« C'est elle, ô Mahamoud ! répondit Ricardo ; c'est elle, mon ami, la grande cause de tout mon bien et de toute ma mésaventure... »
13 Jean-Étienne Liotard : *Jeune Turque avec son esclave*, aquarelle, musée d'Art et d'Histoire, Genève.

14

« Ô ruines lamentables de la malheureuse Nicosie, à peine sèches du sang de vos valeureux et infortunés défenseurs ! [...]

14 Loqman, campagnes militaires de Soliman le Magnifique, siège d'une forteresse chrétienne, miniature, XVIe siècle, palais de Topkapi, Istanbul.

« Il prit le nom de Mario, afin que le sien ne parvînt pas aux oreilles de Leonisa avant qu'il l'eût vue, et la voir n'était pas une mince affaire, car les Maures qui sont farouchement jaloux cachent à tous les hommes le visage de leurs femmes... »

15, 16, 17 Gravures extraites des *Quatre Premiers Livres de navigation et pérégrinations orientales de N. de Nicolaug Dauphinoys, seigneur d'Arfeuille et géographe du roi*, 1568.

18 « Mosquée avec son minaret », aquarelle de Rosset, extrait de *Mœurs et coutumes turques et orientales*, 1790, Bibliothèque nationale, Paris.

Aga Cap- pitaine
general des Jannissaires

15

Grand Dame Turque

16

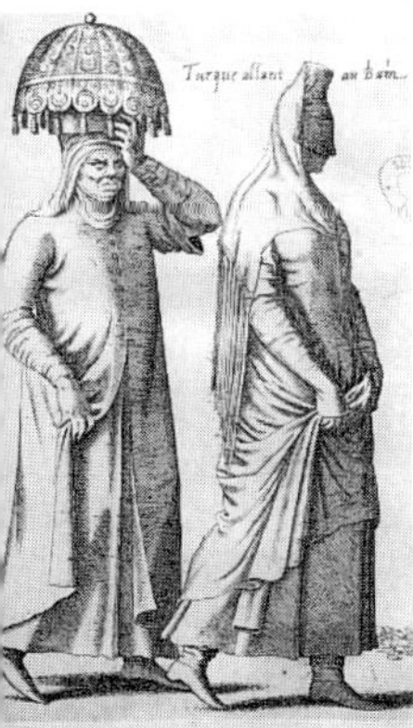
Turque allant au bain

17

18

19

20

« “Vive le sultan Soliman ! Vive Hassan-pacha, en son nom !” Ils le répétèrent encore et encore, poussant leurs voix et leurs clameurs... »

19 *Réception de la cour du sultan Selim III dans la cour du palais de Topkapi*, peinture de la fin du XVIIIe siècle, palais de Topkapi, Istanbul.

20 Portrait de Selim II, miniature du *Manuscrit Cigogne*, Turquie, XVIIe siècle, musée Correr, Venise.
21 Portrait de Soliman, peinture du XVIe siècle, Kunsthistorisches Museum, Vienne.

22

« ... le lendemain ils aperçurent devant eux leur bien-aimée et très désirée patrie ; l'allégresse se ranima dans leurs cœurs et leurs esprits furent animés par le bonheur inouï, l'un des plus grands que la vie puisse nous accorder, d'arriver sain et sauf, après une longue captivité, dans sa patrie. »

22 « La flotte ottomane entre dans le port de Nice », miniature du manuscrit Süleyman par Nasuh al Matraki, palais de Topkapi, Istanbul.

« L'allégresse se répandit dans la ville entière, qui fut brillamment illuminée tout au long de la nuit, et où se déroulèrent pendant plusieurs jours de nombreuses fêtes et réjouissances... »

23. Une fête à Venise, gravure de Golzius, XVIe siècle.

« ... Voici, ô vaillant Ricardo, que ma volonté, jusqu'alors réservée, hésitante et incertaine, se déclare en ta faveur ; pour que les hommes sachent que toutes les femmes ne sont pas ingrates, je me montrerai, moi, reconnaissante. »
24. Vittore Carpaccio : « La Rencontre des fiancés et le départ en pèlerinage », détail de *La Légende de sainte Ursule*, Accademia, Venise.

Crédits photographiques

1, 3, *Couverture* : Roger-Viollet. 2, 4, 15, 16, 17, 18, 23 : Edimedia. 5, 7, 9 : Artephot/Oronoz. 6, 19, 22 : G. Dagli Orti. 8 : D.R. 10 : Explorer-Archives. 11 : Bayerische Neue Pinakothek, Munich. 12 : Lauros-Giraudon. 13, 14, 20, 24 : Giraudon. 21 : Magnum/Lessing.

et à relater par écrit au Grand Seigneur tout ce qui s'est passé ici, en mentionnant l'empressement que tous deux avez mis à le servir. »

Les deux Turcs enamourés ne surent, ne purent et ne voulurent pas le contredire, et tout en voyant bien que par ce chemin ils n'obtiendraient pas ce qu'ils voulaient, ils durent se ranger à l'avis du cadi, chacun formant et nourrissant en lui une espérance qui, bien que douteuse, leur promettait de satisfaire leurs désirs ardents. Hassan, à présent vice-roi de Chypre, imagina vaincre et obliger le cadi à force de présents, pour se faire céder la captive. Ali conçut un stratagème qui ne pouvait manquer de lui apporter ce qu'il désirait et, chacun sûr de son projet, ils en vinrent facilement où le voulait le cadi, à qui la captive fut ensuite remise avec le consentement et par la volonté de l'un et de l'autre, quand l'un et l'autre eurent payé au juif deux mille pistoles. Le juif dit alors qu'il ne pouvait céder l'esclave avec les vêtements et les parures qu'elle portait, qui valaient bien deux mille pistoles, ce qui était vrai, parce qu'à ses cheveux, en partie flottant sur ses épaules, en partie liés et tressés sur le front, étaient mêlés avec une grâce extrême quelques rangs de perles fines. Les manilles à ses chevilles et ses bracelets étaient également semés de grosses perles. Elle était couverte d'un long manteau mauresque de satin vert entièrement brodé et couvert de galon d'or : bref, tous eurent l'impression que le juif n'exigeait pas trop pour le vêtement, et le cadi,

por no mostrarse menos liberal que los dos bajaes, dijo que él quería pagarle, porque de aquella manera se presentase al Gran Señor la cristiana. Tuviéronlo por bien los dos competidores, creyendo cada uno que todo había de venir a su poder.

Falta ahora por decir lo que sintió Ricardo de ver andar en almoneda su alma, y los pensamientos que en aquel punto le vinieron, y los temores que le sobresaltaron viendo que el haber hallado a su querida prenda era para más perderla; no sabía darse a entender si estaba durmiendo o despierto, no dando crédito a sus mismos ojos de lo que veían, porque le parecía cosa imposible ver tan impensadamente delante dellos a la que pensaba que para siempre los había cerrado; llegóse en esto a su amigo Mahamut, y díjole :

– ¿No la conoces, amigo?

– No la conozco–dijo Mahamut.

– Pues has de saber–replicó Ricardo–que es Leonisa.

– ¿Qué es lo que dices, Ricardo? –dijo Mahamut.

– Lo que has oído–dijo Ricardo.

– Pues calla y no la descubras –dijo Mahamut–, que la ventura va ordenando que la tengas buena y próspera, porque ella va a poder de mi amo.

–¿ Parécete –dijo Ricardo–que será bien ponerme en parte donde pueda ser visto?

– No–dijo Mahamut–, por que no la sobresaltes

pour ne pas se montrer moins généreux que les deux pachas, dit qu'il voulait le payer, et qu'il présenterait dans cet appareil la chrétienne au Grand Seigneur. Les deux rivaux l'approuvèrent, l'un et l'autre croyant que le tout tomberait entre ses mains.

Il nous reste à dire ce qu'éprouva Ricardo en voyant son âme mise aux enchères, les pensées qui lui vinrent alors et les craintes qui l'assaillirent quand il s'avisa qu'il n'avait retrouvé sa chère bien-aimée que pour mieux la perdre ; il ne savait plus très bien s'il dormait ou s'il était éveillé, incapable de croire ce que ses propres yeux lui donnaient à voir, car il lui paraissait inconcevable que s'offrît à eux, aussi inopinément, celle qui, croyait-il, les avait fermés à jamais ; alors, il s'approcha de son ami Mahamoud et lui dit :

« Mon ami, sais-tu qui elle est ?

— Je l'ignore, répondit Mahamoud.

— Sache alors, reprit Ricardo, que tu vois Leonisa.

— Mais que dis-tu, Ricardo ?

— Ce que tu as entendu.

— Alors, silence, ne dévoile rien, dit Mahamoud, il semble que la fortune veuille que ton sort soit heureux et prospère, parce qu'elle va tomber au pouvoir de mon maître.

— Crois-tu, dit Ricardo, que je devrais me placer à un endroit où elle me puisse voir ?

— N'en fais rien, pour ne pas la faire sursauter

o te sobresaltes, y no vengas a dar indicio de que la conoces ni que la has visto; que podría ser que redundase en perjuicio de mi designio.

–Seguiré tu parecer–respondió Ricardo.

Y así anduvo huyendo de que sus ojos se encontrasen con los de Leonisa, la cual tenía los suyos, en tanto que esto pasaba, clavados en el suelo, derramando algunas lágrimas. Llegóse el cadí a ella, y asiéndola de la mano se la entregó a Mahamut, mandándole que la llevase a la ciudad y se la entregase a su señora Halima, y le dijese la tratase como esclava del Gran Señor. Hízolo así Mahamut y dejó solo a Ricardo, que con los ojos fue siguiendo a su estrella hasta que se le encubrió con la nube de los muros de Nicosia. Llegóse al judío y preguntóle que adónde había comprado, o en qué modo había venido a su poder aquella cautiva cristiana. El judío le respondió que en la isla de la Pantanalea la había comprado a unos turcos que allí habían dado al través; y queriendo proseguir adelante, lo estorbó el venirle a llamar de parte de los bajaes, que querían preguntarle lo que Ricardo deseaba saber; y con esto se despidió dél.

En el camino que había desde las tiendas a la ciudad, tuvo lugar Mahamut de preguntar a Leonisa en lengua italiana que de qué lugar era. La cual le respondió que de la ciudad de Trápana; preguntóle asimismo Mahamut si conocía en aquella ciudad a un caballero rico y noble que se llamaba Ricardo. Oyendo la cual Leonisa, dio un gran suspiro y dijo :

et ne pas te troubler, et ne manifeste en rien que tu l'as déjà vue ou que tu la connais, ce qui pourrait nuire à mon projet.

— Je suivrai ton avis. »

Et il évita ainsi que ses yeux ne rencontrassent ceux de Leonisa qui, tandis que tout cela se passait, tenait les siens rivés sur le sol, et répandait quelques larmes. Le cadi vint à elle et, la prenant par la main, la confia à Mahamoud, à qui il ordonna de l'emmener en ville et de la remettre entre les mains de Halima, son épouse, en lui disant de la traiter comme l'esclave du Grand Seigneur. Mahamoud obtempéra et laissa Ricardo seul, à suivre des yeux son étoile jusqu'à ce que la couvre la nue blanche des murs de Nicosie. Alors, il s'approcha du juif et lui demanda où il avait acheté la captive chrétienne, ou comment elle était venue en son pouvoir. Le juif lui répondit qu'il l'avait achetée dans l'île de Pantelleria à quelques Turcs qui y avaient fait naufrage ; il allait poursuivre, quand on vint l'appeler de la part des pachas qui voulaient l'interroger sur ce que Ricardo désirait savoir ; sur ce, il prit congé de lui.

Chemin faisant, Mahamoud eut tout le loisir, entre les tentes et la ville, de demander en italien à Leonisa d'où elle venait. Elle lui répondit qu'elle était de Trapani ; Mahamoud lui demanda encore si elle ne connaîtrait pas, dans cette ville, un riche et noble gentilhomme qui s'appelait Ricardo. À cette question, Leonisa poussa un profond soupir et dit :

–Sí, conozco, por mi mal.

–¿Cómo por vuestro mal? –dijo Mahamut.

– Porque él me conoció a mí por el suyo y por mi desventura–respondió Leonisa.

– ¿Y por ventura–preguntó Mahamut–conocisteis también en la misma ciudad a otro caballero de gentil disposición, hijo de padres muy ricos, y él por su persona muy valiente, muy liberal y muy discreto, que se llamaba Cornelio?

– También le conozco–respondió Leonisa–, y podré decir más por mi mal que no a Ricardo; más ¿quién sois vos, señor, que los conocéis y por ellos me preguntáis?

– Soy–dijo Mahamut–natural de Palermo, que por varios accidentes estoy en este traje y vestido diferente del que yo solía traer, y conózcolos porque no ha muchos días que entrambos estuvieron en mi poder, que a Cornelio le cautivaron unos moros de Trípol de Berbería y le vendieron a un turco que le trujo a esta isla, donde vino con mercancías, porque es mercader de Rodas, el cual fiaba de Cornelio toda su hacienda.

– Bien se la sabrá guardar –dijo Leonisa– porque sabe guardar muy bien la suya; pero decidme, señor, ¿cómo o con quién vino Ricardo a esta isla?

– Vino–respondió Mahamut–con un cosario que le cautivó estando en un jardín de la marina de Trápana,

« Oui, je le connais, pour mon malheur.

— Comment, pour votre malheur ? s'enquit Mahamoud.

— Parce que lui m'a connue pour son malheur et pour mon infortune.

— Et ne connaîtriez-vous pas non plus, par hasard, dans cette ville, un autre gentilhomme de bonne mine, dont les parents sont fort riches, et lui-même très courageux, généreux et discret, qui s'appelle Cornelio ?

— Je le connais, lui aussi, répondit Leonisa, et je pourrais dire, plus justement encore qu'à propos de Ricardo : pour mon malheur ; mais qui êtes-vous, Seigneur, vous qui les connaissez et vous enquérez d'eux ?

— Je suis, dit Mahamoud, de Palerme ; divers accidents de fortune me font porter ce costume, différent de celui qui était alors le mien ; et je les connais parce qu'il y a seulement quelques jours, tous deux étaient en mon pouvoir ; Cornelio a été capturé par des Maures de Tripoli de Barbarie et vendu à un Turc, un marchand de Rhodes, qui l'a emmené avec des marchandises dans cette île, et lui a confié tout son avoir.

— Il saura bien le garder, dit Leonisa, parce qu'il veille très bien sur le sien ; mais dites-moi, Seigneur, comment et avec qui Ricardo est arrivé dans cette île.

— Il y est venu, répondit Mahamoud, avec un corsaire qui l'a enlevé alors qu'il se trouvait dans un jardin de la côte de Trapani,

y con él dijo que habían cautivado a una doncella que nunca me quiso decir su nombre. Estuvo aquí algunos días con su amo, que iba a visitar el sepulcro de Mahoma, que está en la ciudad de Almedina, y al tiempo de la partida cayó Ricardo tan enfermo y indispuesto, que su amo me lo dejó por ser de mi tierra, para que le curase y tuviese cargo dél hasta su vuelta, o que si por aquí no volviese, se le enviase a Constantinopla, que él me avisaría cuando allá estuviese; pero el cielo lo ordenó de otra manera, pues el sin ventura de Ricardo, sin tener accidente alguno, en pocos días se acabaron los de su vida, siempre llamando entre sí a una Leonisa, a quien él me había dicho que quería más que a su vida y a su alma; la cual Leonisa me dijo que en una galeota que había dado al través en la isla de Pantanalea se había ahogado, cuya muerte siempre lloraba y siempre plañía, hasta que le trujo a término de perder la vida, que yo no le sentí enfermedad en el cuerpo, sin muestras de dolor en el alma.

– Decidme, señor–replicó Leonisa–, ese mozo que decís, en las pláticas que trató con vos, que, como de una patria, debieron ser muchas, ¿nombró alguna vez a esa Leonisa con todo el modo con que a ella y a Ricardo cautivaron?

– Sí, nombró –dijo Mahamut–, y me preguntó si

et il m'a dit qu'en même temps que lui a été enlevée une jeune fille, dont il n'a pas voulu me dire le nom. Ricardo est resté ici quelques jours avec son maître, qui allait voir le tombeau de Mahomet à Médine et, au moment du départ, Ricardo est tombé si gravement malade que son maître me l'a laissé, puisque je suis son compatriote, pour que je le soigne et prenne soin de lui jusqu'à son retour ou, s'il ne repasse pas par ici, que je le lui envoie à Constantinople, d'où il m'avisera de son arrivée; mais le ciel a ordonné les choses autrement, car le malheureux Ricardo, sans aucun accident, a vu en quelques jours la fin de ceux de sa vie, sans cesser d'appeler tout bas une certaine Leonisa, qu'il aimait, me disait-il, plus que sa vie et son âme; il m'a dit aussi que cette Leonisa, qui se trouvait à bord d'une galiote qui a fait naufrage devant l'île de Pantelleria, s'était noyée, et il n'a pas arrêté de se lamenter et de pleurer sa mort, jusqu'à ce qu'elle le conduise au terme de sa vie, car je n'ai perçu en lui nulle maladie du corps, mais tous les signes d'une douleur de l'âme.

— Dites-moi, Seigneur, reprit Leonisa, cet autre jeune homme dont vous me parliez tout à l'heure a-t-il évoqué quelquefois, dans les entretiens qu'il a eus avec vous, et qui ont dû être nombreux, puisque vous êtes de son pays, cette Leonisa et les circonstances dans lesquelles Ricardo et elle furent enlevés?

— Oui, dit Mahamoud; il m'a demandé si

había aportado por esta isla una cristiana dese nombre, de tales y tales señas, a la cual holgaría de hallar para rescatarla, si es que su amo se había ya desengañado de que no era tan rica como él pensaba, aunque podía ser que por haberla gozado la tuviese en menos; que como no pasasen de tre [s]-cientos o cuatrocientos escudos, él los daría de muy buena gana por ella, porque un tiempo la había tenido alguna afición.

– Bien poca debía de ser –dijo Leonisa–, pues no pasaba de cuatrocientos escudos; más liberal es Ricardo, y más valiente y comedido : Dios perdone a quien fue causa de su muerte, que fui yo, que soy la sin ventura que él lloró por muerta; y sabe Dios si holgara de que él fuera vivo para pagarle con el sentimiento que viera que tenía de su desgracia, el que él mostró de la mía. Yo, señor, como os ya he dicho, soy la poco querida de Cornelio y la bien llorada de Ricardo, que por muy muchos y varios casos he venido a este miserable estado en que me veo; y aunque es tan peligroso, siempre por favor del cielo he conservado en él la entereza de mi honor, con la cual vivo contenta en mi miseria. Ahora ni sé dónde estoy, ni quién es mi dueño, ni adónde han de dar conmigo mis contrarios hados, por lo cual os ruego, señor,

l'on n'aurait pas emmené dans cette île une chrétienne de ce nom, de telle et telle apparence, qu'il désirait retrouver afin de la racheter; et il m'a dit que si son maître était revenu de l'erreur de croire qu'elle était immensément riche, et s'il se faisait qu'il la dévaluât un peu après en avoir joui, et si la rançon ne dépassait pas trois ou quatre cents écus, il les donnerait bien volontiers pour elle, car il avait un temps senti à son endroit une certaine inclination.

— Qui ne devait pas être très vive, remarqua Leonisa, puisqu'elle n'allait pas au-delà de quatre cents écus; Ricardo est plus généreux, et plus courageux et courtois : que Dieu accorde Son pardon à celle qui causa sa mort, car ce fut moi; je suis l'infortunée dont il pleura le trépas, et Dieu sait combien je serais heureuse qu'il fût encore en vie pour que je puisse répondre, en lui montrant la peine que m'inspire son malheur, à celle que le mien lui a infligée. Je suis, Seigneur, je suis, ainsi que je viens de le dire, celle que Cornelio aima si peu et que Ricardo pleura si bien, et qu'une longue suite d'événements divers a réduite à la condition misérable où vous me voyez; et malgré le grand péril auquel elle m'expose, j'ai toujours, grâce au ciel, pu préserver tout mon honneur, avec lequel je vis contente dans ma misère. Je ne sais, présentement, ni où je me trouve, ni à qui j'appartiens, ni où me porte un sort contraire; et c'est pourquoi je vous supplie, Seigneur,

siquiera por la sangre que de cristiano tenéis, me aconsejéis en mis trabajos; que puesto que el ser muchos me han hecho algo advertida, sobrevienen cada momento tantos y tales, que no sé cómo me he de avenir con ellos.

A lo cual respondió Mahamut que él haría lo que pudiese en servirla, aconsejando y ayudándola con su ingenio y con sus fuerzas; advirtióla de la diferencia que por su causa habían tenido los dos bajaes, y cómo quedaba en poder del cadí su amo para llevarla presentada al Gran Turco Selín, a Constantinopla; pero que antes que esto tuviese efeto, tenía esperanzas en el verdadero Dios, en quien él creía, aunque mal cristiano, que lo había de disponer de otra manera, y que la aconsejaba se hubiese bien con Halima, la mujer del cadí su amo, en cuyo poder había de estar hasta que la enviasen a Constantinopla, advirtiéndola de la condición de Halima; y con ésas le dijo otras cosas de su provecho, hasta que la dejó en su casa y en poder de Halima, a quien dijo el recaudo de su amo.

Recibióla bien la mora por verla tan bien aderezada y tan hermosa. Mahamut se volvió a las tiendas a contar a Ricardo lo que con Leonisa le había pasado; y hallándole, se lo contó todo

1. Il s'agit de Selim II (1524-1574), onzième sultan ottoman, fils de Soliman le Magnifique, auquel il succéda en 1566. Il fut surnommé *Mast*, l'Ivrogne, et *Sart*, le Blond. Il laissa le grand vizir

ne serait-ce qu'au nom du sang chrétien qui coule en vous, de guider mes pas, car bien que toutes les difficultés rencontrées m'aient un peu aguerrie, il en survient tant et de telles à chaque instant que je ne sais plus de quel front les recevoir. »

À cela, Mahamoud répondit qu'il mettrait tout son talent et tout son pouvoir à son service, pour la conseiller et l'aider ; il l'informa de la querelle qu'elle avait suscitée entre les deux pachas, et lui dit comment elle était restée au pouvoir du cadi, son maître, qui devait la conduire à Constantinople, auprès du Grand Turc Selim [1], à qui elle était offerte ; mais avant que le projet ne soit réalisé, il espérait que le vrai Dieu en qui il croyait, bien qu'il fût un mauvais chrétien, en déciderait autrement, et il lui conseilla de s'attacher Halima, l'épouse du cadi son maître, sous la garde de laquelle elle était placée avant son départ pour Constantinople ; il lui dépeignit le tempérament de sa gardienne, et ajouta encore diverses indications qui pourraient lui être utiles avant de la laisser au domicile et au pouvoir de Halima, à laquelle il transmit les recommandations de son maître.

La voyant si bien parée et si belle, la Mauresque fit bon accueil à Leonisa. De son côté, Mahamoud regagna les pavillons pour raconter à son ami ce qui s'était passé ; l'ayant rejoint, il lui relata tout

Sokullu s'occuper des affaires de l'État et entreprendre, entre autres, la conquête de Chypre en 1571. C'est sous son règne qu'eut lieu la bataille de Lépante.

punto por punto, y cuando llegó al del sentimiento que Leonisa había hecho cuando le dijo que era muerto, casi se le vinieron las lágrimas a los ojos. Díjole cómo había fingido el cuento del cautiverio de Cornelio por ver lo que ella sentía; advirtióle la tibieza y la malicia con que de Cornelio había hablado; todo lo cual fue píctima para el afligido corazón de Ricardo, el cual dijo a Mahamut :

– Acuérdome, amigo Mahamut, de un cuento que me contó mi padre, que ya sabes cuán curioso fue, y oíste cuánta honra le hizo el Emperador Carlos V, a quien siempre sirvió en honrosos cargos de la guerra. Digo que me contó que cuando el Emperador estuvo sobre Túnez, y la tomó con la fuerza de la Goleta, estando un día en la campaña y en su tienda, le trujeron a presentar una mora por cosa singular en belleza, y que al tiempo que se la presentaron entraban algunos rayos del sol por unas partes de la tienda y daban en los cabellos de la mora, que con los mismos del sol en ser rubios competían, cosa nueva en las moras que siempre se precian de tenerlos negros. Contaba que en aquella ocasión se hallaron en la tienda, entre otros muchos dos caballeros españoles; el uno era andaluz y el otro era catalán, ambos muy discretos, y ambos

par le détail, et quand il en vint aux sentiments qu'avait exprimés Leonisa en apprenant sa mort, Ricardo fut au bord des larmes. Il lui dit encore comment il avait forgé l'histoire de la captivité de Cornelio afin de savoir ce qu'elle éprouvait pour lui, et la tiédeur et la malice avec lesquelles elle avait parlé de Cornelio ; tout cela mit un baume sur le cœur affligé de Ricardo, qui dit à Mahamoud :

« Cela me rappelle, ami Mahamoud, une histoire que m'a racontée mon père ; tu sais à quel point il était diligent, et tu dois bien avoir entendu parler des honneurs qui lui furent rendus par l'empereur Charles Quint, qu'il avait toujours servi dans de grandes charges militaires. Je te disais donc qu'il m'a raconté que pendant la campagne de Tunis et la prise de La Goulette, un jour que l'empereur se trouvait sous sa tente, dans la campagne, on vint lui montrer une Mauresque d'une exceptionnelle beauté, et qu'au moment de la présentation entrèrent par les ouvertures de la tente quelques rayons de soleil qui tombèrent sur les cheveux de la Mauresque, dont les éclats dorés rivalisèrent avec ceux de l'astre du jour, chose rare parmi ces femmes dont les canons de beauté veulent qu'elles soient aussi brunes que possible. Il se trouvait alors sous la tente, parmi de nombreux gentilshommes espagnols, deux nobles, l'un andalou, l'autre catalan, tous deux hommes d'esprit et tous deux

poetas; y habiéndola visto el andaluz, comenzó con admiración a decir unos versos que ellos llaman coplas, con unas consonancias o consonantes dificultosos, y parando en los cinco versos de la copla, se detuvo sin darle fin ni a la copla ni a la sentencia, por no ofrecérsele tan de improviso los consonantes necesarios para acabarla; mas el otro caballero, que estaba a su lado, y había oído los versos, viéndole suspenso, como si le hurtara la media copla de la boca, la prosiguió y acabó con las mismas consonancias. Y esto mismo se me vino a la memoria cuando vi entrar a la hermosísima Leonisa por la tienda del bajá, no solamente escureciendo los rayos del sol si la tocaran, sino a todo el cielo con sus estrellas.

– Paso, no más–dijo Mahamut–; detente, amigo Ricardo, que a cada paso temo que has de pasar tanto la raya en las alabanzas de tu bella Leonisa, que, dejando de parecer cristiano, parezcas gentil. Dime,

1. D'aucuns pensent qu'il pourrait s'agir d'une référence à Garcilaso de la Vega (1501-1536), homme de guerre et poète de Tolède, auteur de poèmes lyriques et pastoraux imités des Italiens, et de Juan Boscán Almogáver (1487-1542), de Barcelone, ami et éditeur de Garcilaso, surtout connu pour avoir traduit *Il cortegiano* de Baldassar Castiglione, auteur de nombreux sonnets et de compositions plus importantes, parmi lesquelles le long poème mythologique *Héro et Léandre.*

2. *Copla* : « Mètre qui se compose de quatre vers de huit à onze

poètes[1]; et quand l'Andalou l'eut contemplée, rempli d'admiration, il dit quelques vers de ceux que l'on appelle *coplas*[2], aux rimes ou consonances savantes et, arrivé au cinquième, il s'interrompit sans terminer ni le couplet ni son hommage, parce qu'il ne put trouver sur le moment les rimes qui lui manquaient pour l'achever; mais l'autre gentilhomme, qui se tenait à ses côtés et avait prêté l'oreille aux vers, voyant qu'il restait court, continua et termina, comme s'il la lui enlevait de la bouche, l'autre moitié du couplet, avec les rimes correspondantes. C'est ce qui m'est revenu en mémoire quand j'ai vu entrer sous la tente du pacha Leonisa, dont la merveilleuse beauté a fait pâlir non seulement les rayons du soleil qui l'atteignaient mais encore le ciel tout entier et ses étoiles.

— Arrête, n'en dis pas davantage, fit Mahamoud; tout doux, ami Ricardo; j'ai bien peur, et plus souvent que je ne le voudrais, qu'en passant à ce point la limite quand tu chantes les louanges de ta belle Leonisa, tu ne finisses par ressembler davantage à un païen qu'à un chrétien. Dis-moi plutôt,

syllabes, parfois consonantes, parfois assonantes» (*D. de A.*); mais les *coplas* de Cervantes n'obéissent pas à cette règle. Les trois *coplas* adressées à Dulcinée du Toboso (*Don Quichotte*, I, 26), par exemple, sont composées de deux quintils à formule prolongée, ajoutant à un système à rimes croisées une rime qui reprend la première, en ABABA; on ne peut donc pas traduire *coplas*, comme on l'a fait, par *strophes*, ni par *couplets*, ni par *stances*. Sa forme s'apparente plutôt à celles de la grande ballade ou du chant royal.

si quieres, esos versos o coplas, o como los llamas, que después hablaremos en otras cosas que sean de más gusto, y aún quizá de más provecho.

– En buen hora–dijo Ricardo–, y vuélvote a advertir que los cinco versos dijo el uno, y los otros cinco el otro, todos de improviso, y son éstos :

Como cuando el sol asoma,
por una montaña baja,
y de súpito nos toma,
y con su vista nos doma
nuestra vista, y la relaja ;

como la piedra balaja
que no consiente carcoma,
tal es tu rostro, Aja,
dura lanza de Mahoma,
que las mis entrañas raja.

– Bien me suenan al oído –dijo Mahamut–, y mejor me suena y me parece que estés para decir versos, Ricardo, porque el decirlos o el hacerlos requieren ánimos de ánimos desapasionados.

– También se suelen–respondió Ricardo–llorar endechas, como cantar himnos, y todo es decir versos ; pero, dejando esto aparte, dime qué piensas hacer en nuestro negocio, que puesto que no entendí lo que los bajaes trataron en la tienda, en tanto que tú llevaste a Leonisa,

s'il te plaît, ces vers ou ces *coplas*, comme on les appelle, et nous parlerons ensuite de choses plus agréables, et peut-être même plus utiles.

— Volontiers, dit Ricardo ; laisse-moi seulement te dire que les cinq premiers vers sont de l'un, les cinq vers suivants de l'autre, et que tous sont improvisés. Les voici :

Comme le soleil naissant
sur une hauteur monte,
et tout à coup nous surprend
et de son éclat dompte
notre vue, et la détend ;

comme le rubis balais
qui d'impuretés n'admet
tels sont, ô Aja, tes traits,
lance aiguë de Mahomet
fichée en mes flancs défaits.

— Ils sonnent bien à mon oreille, dit Mahamoud, et d'autant mieux sans doute que je te vois disposé à dire des vers, car pour les dire comme pour les faire, il faut une âme exempte de passion.

— Il me semble, répliqua Ricardo, que l'on pleure les élégies, et que l'on chante les hymnes, et ce sont pourtant bien des vers ; mais laissons cela, et dis-moi comment tu penses mener notre affaire, parce que si je n'ai pas compris ce que les pachas se sont dit sous la tente pendant que tu accompagnais Leonisa,

me lo contó un renegado de mi amo, veneciano, que se halló presente y entiende bien la lengua turquesca; y lo que es menester ante todas cosas es buscar traza cómo Leonisa no vaya a mano del Gran Señor.

– Lo primero que se ha de hacer–respondió Mahamut– es que tú vengas a poder de mi amo; que esto hecho, después nos aconsejaremos en lo que más nos conviniere.

En esto vino el guardián de los cautivos cristianos de Hazán, y llevó consigo a Ricardo; el cadí volvió a la ciudad con Hazán, que en breves días hizo la residencia de Alí y se la dio cerrada y sellada, para que se fuese a Constantinopla. Él se fue luego, dejando muy encargado al cadí, que con brevedad enviase la cautiva, escribiendo al Gran Señor de modo que le aprovechase para sus pretensiones. Prometióselo el cadí con traidoras entrañas, porque las tenía hechas ceniza por la cautiva. Ido Alí lleno de falsas esperanzas, y quedando Hazán no vacío dellas, Mahamut hizo de modo que Ricardo vino a poder de su amo. Íbanse los días, y el deseo de ver a Leonisa apretaba tanto a Ricardo, que no alcanzaba un punto de sosiego. Mudóse Ricardo el nombre en el de Mario, porque no llegase el suyo a oídos de Leonisa antes que él la viese, y el verla era muy dificultoso a causa que los moros son en extremo celosos y encubren de todos los hombres los rostros de sus mujeres,

l'un des esclaves de mon maître, un renégat vénitien qui se trouvait là et qui comprend bien le turc, me l'a raconté, et il me paraît qu'avant tout, il faut trouver moyen d'empêcher que Leonisa ne soit livrée aux mains du Grand Seigneur.

— La première chose à faire, répondit Mahamoud, est de te faire passer au pouvoir de mon maître ; cela fait, nous aviserons à ce qui nous convient le mieux. »

Le gardien des esclaves chrétiens de Hassan vint alors chercher Ricardo ; le cadi, en compagnie de Hassan, regagna la ville, et il conclut en quelques jours à peine le jugement d'Ali, qu'il lui remit clos et scellé, afin qu'il s'en allât à Constantinople. Celui-ci partit sans tarder, après avoir instamment recommandé au cadi d'envoyer au plus tôt la chrétienne et d'écrire au Grand Seigneur pour soutenir ses prétentions. Le cadi dont les entrailles de traître se consumaient pour la captive le trompa par des promesses. Ali partit, nourri d'espérances trompeuses, et Hassan, à qui celles-ci ne faisaient pas défaut, resta ; Mahamoud fit alors en sorte que Ricardo tombât sous la dépendance de son maître. Les jours passèrent, et le désir de voir Leonisa harcelait tant Ricardo qu'il ne trouvait plus le repos. Il prit le nom de Mario, afin que le sien ne parvînt pas aux oreilles de Leonisa avant qu'il l'eût vue, et la voir n'était pas une mince affaire, car les Maures qui sont farouchement jaloux cachent à tous les hommes le visage de leurs femmes,

puesto que en mostrarse ellas a los cristianos no se les hace de mal; quizá debe de ser que por ser cautivos no los tienen por hombres cabales.

Avino, pues, que un día la señora Halima vio a su esclavo Mario, y tan visto y tan mirado fue, que se le quedó grabado en el corazón y fijo en la memoria; y quizá poco contenta de los abrazos flojos de su anciano marido, con facilidad dio lugar a un mal deseo, y con la misma dio cuenta dél a Leonisa, a quien ya quería mucho por su agradable condición y proceder discreto, y tratábala con mucho respecto, por ser prenda del Gran Señor. Díjole cómo el cadí había traído a casa un cautivo cristiano de tan gentil donaire y parecer, que a sus ojos no había visto más lindo hombre en toda su vida, y que decían que era chilibí, que quiere decir caballero, y de la misma tierra de Mahamut, su renegado, y que no sabía cómo darle a entender su voluntad sin que el cristiano la tuviese en poco por habérsela declarado. Preguntóle Leonisa cómo se llamaba el cautivo, y díjole Halima que se llamaba Mario; a lo cual replicó Leonisa :

– Si él fuera caballero y del lugar que dicen, yo le conociera;

qu'elles peuvent toutefois montrer aux chrétiens sans mal faire, peut-être parce que ceux-ci étant des esclaves ne sont pas considérés comme des hommes.

Il advint ainsi qu'un jour dame Halima jeta les yeux sur Mario, son esclave, et le regarda tant et d'un œil tel que son image resta gravée dans son cœur et fichée dans sa mémoire ; et sans doute peu contente des vagues étreintes de son vieil époux, elle céda facilement à un désir coupable, et en fit tout aussi facilement confidence à Leonisa, qu'elle aimait déjà beaucoup pour son caractère aimable et ses manières discrètes, et qu'elle traitait avec tout le respect dû à celle que l'on offrait au Grand Seigneur. Elle lui raconta donc qu'était entré dans la maison du cadi un captif chrétien de si belle prestance et si gracieux qu'elle n'avait de sa vie vu un aussi bel homme, dont on disait qu'il était *chilibí* [1], c'est-à-dire gentilhomme ; il venait du pays de Mahamoud, son renégat, et elle ne savait comment lui faire entendre son intention sans que le chrétien la dédaignât pour s'être déclarée. Leonisa lui demanda comment s'appelait le captif, et Halima lui dit qu'il se nommait Mario, ce à quoi Leonisa répliqua :

« S'il était gentilhomme, et de l'endroit que l'on dit, je le connaîtrais ;

1. Nous ne trouvons, sur ce terme, que des indications insuffisantes ; il viendrait de *chilaba*, qui signifie « habit d'esclave », qu'auraient porté les chrétiens qui se faisaient esclaves.

mas dese nombre Mario no hay ninguno en Trápana; pero haz, señora, que yo le vea y hable, que te diré quién es y lo que dél se puede esperar.

– Así será–dijo Halima–, porque el viernes, cuando esté el cadí haciendo la zalá en la mezquita, le haré entrar acá dentro, donde le podrás hablar a solas, y si te pareciele darle indicios de mi deseo, haráslo por el mejor modo que pudieres.

Esto dijo Halima a Leonisa, y no habían pasado dos horas cuando el cadí llamó a Mahamut y a Mario, y con no menos eficacia que Halima había descubierto su pecho a Leonisa, descubrió el enamorado viejo el suyo a sus dos esclavos, pidiéndoles consejo en lo que haría para gozar de la cristiana y cumplir con el Gran Señor, cuya ella era, diciéndoles que antes pensaba morir mil veces que entregalla una al Gran Turco. Con tales afectos decía su pasión el religioso moro, que la puso en los corazones de sus dos esclavos, que todo lo contrario de lo que él pensaba, pensaban. Quedó puesto entre ellos que Mario, como hombre de su tierra, aunque había dicho que no la conocía, tomase la mano en solicitarla y en declararle la voluntad suya, y cuando por este modo no se pudiese alcanzar, que usaría él de la fuerza, pues estaba en su poder.

mais il n'y a personne de ce nom à Trapani ; fais donc, maîtresse, que je le voie et que je lui parle, et je te dirai qui il est et ce qu'on en peut attendre.

— Je le ferai, dit Halima, vendredi ; quand le cadi ira à la mosquée pour la grande prière [1], je le conduirai ici, où vous pourrez parler seul à seul, et s'il te semble opportun de lui suggérer mes sentiments, fais-le, avec ton plus grand zèle. »

Halima parla de la sorte à Leonisa et, moins de deux heures plus tard, le cadi fit appeler Mahamoud et Mario et, tout aussi rondement que Halima avait ouvert son cœur à Leonisa, le vieil enamouré ouvrit le sien à ses deux esclaves, leur demandant conseil sur ce qu'il convenait de faire pour que la chrétienne puisse être sienne et le Grand Seigneur, à qui elle appartenait, satisfait, en ajoutant qu'il aimerait mieux mourir mille fois que de la livrer une seule au Grand Turc. Le religieux musulman parlait de sa passion avec des accents tels qu'il donna à réfléchir, mais à rebours de sa pensée, à ses deux esclaves. Ils convinrent que Mario, qui était de son pays, et bien qu'il eût prétendu ne pas la connaître, serait délégué pour la solliciter et lui déclarer l'amour du cadi, et que si de cette manière on n'obtenait rien, celui-ci userait alors de la force, puisqu'il la tenait en son pouvoir.

1. *Hacer la zala*, ou *hacer zalemas*, faire des salamalecs, c'est-à-dire s'incliner, en psalmodiant une phrase ou l'autre du Coran. Il est de toute évidence question de la grande prière du vendredi.

Y esto hecho, con decir que era muerta se excusarían de enviarla a Constantinopla.

Contentísimo quedó el cadí con el parecer de sus esclavos, y con la imaginada alegría ofreció desde luego libertad a Mahamut, mandándole la mitad de su hacienda después de sus días; asimismo prometió a Mario, si alcanzaba lo que quería, libertad y dineros con que volviese a su tierra rico, honrado y contento. Si él fue liberal en prometer, sus cautivos fueron pródigos ofreciéndole de alcanzar la luna del cielo, cuanto más a Leonisa, como él diese comodidad de hablarla.

– Ésa daré yo a Mario cuando él quisiere –respondió el cadí–, porque haré que Halima se vaya en casa de sus padres, que son griegos cristianos, por algunos días, y estando fuera, mandaré al portero que deje entrar a Mario dentro de casa todas las veces que él quisiere, y diré a Leonisa que bien que podrá hablar con su paisano cuando le diere gusto.

Desta manera comenzó a volver el viento de la ventura de Ricardo, soplando en su favor, sin saber lo que hacían sus mismos amos.

Tomando, pues, entre los tres este apuntamiento, quien primero le puso en plática fue Halima, bien así como mujer, cuya naturaleza es fácil y arrojadiza para todo aquello que es de su gusto.

Cela fait, on prétendrait qu'elle était morte, pour se dispenser de l'envoyer à Constantinople.

L'avis de ses esclaves enchanta le cadi, et tout à la joie de ses imaginations, il rendit aussitôt à Mahamoud sa liberté, promit de lui léguer la moitié de ses biens; il promit également à Mario, à condition qu'il réussît à lui obtenir ce qu'il désirait, la liberté et de quoi retourner, riche, honoré et content, dans son pays. S'il fut généreux en promesses, ses captifs furent prodigues en s'offrant de lui décrocher la lune, en sus de Leonisa, s'il leur laissait toute facilité de l'entretenir.

«Je la laisserai à Mario quand il voudra, répondit le cadi, car je vais envoyer Halima chez ses parents, des Grecs chrétiens, pour quelques jours; et lorsqu'elle sera partie, je donnerai l'ordre au portier de laisser entrer Mario dans la maison toutes les fois qu'il se présentera, et je dirai à Leonisa qu'elle pourra à son gré converser avec son compatriote.»

Ce fut ainsi que Ricardo fut repris par le vent du hasard, qui cette fois soufflait pour lui dans la bonne direction, sans que ses maîtres comprissent ce qu'ils faisaient.

Alors que tous trois avaient arrêté ce projet, Halima les devança pour le mettre en œuvre, parce que, étant femme, il était dans sa nature d'être prompte et audacieuse en tout ce qui lui plaisait.

Aquel mismo día dijo el cadí a Halima que cuando quisiese podría irse a casa de sus padres a holgarse con ellos los días que gustase. Pero como ella estaba alborozada con las esperanzas que Leonisa le había dado, no sólo no se fuera a casa de sus padres, sino al fingido paraíso de Mahoma no quisiera irse; y así le respondió que por entonces no tenía tal voluntad y que cuando ella la tuviese lo diría, mas que había de llevar consigo a la cautiva cristiana.

– Eso no–replicó el cadí–, que no es bien que la prenda del Gran Señor sea vista de nadie, y más que se le ha de quitar que converse con cristianos, pues sabéis que en llegando a poder del Gran Señor la han de encerrar en el serrallo y volverla turca, quiera o no quiera.

– Como ella ande conmigo–replicó Halima–, no importa que esté en casa de mis padres, ni que comunique con ellos, que más comunico yo, y no dejo por eso de ser buena turca; y más que lo más que pienso estar en su casa serán hasta cuatro o cinco días, porque el amor que os tengo no me dará licencia para estar tanto ausente y sin veros.

No la quiso replicar el cadí por no darle ocasión de engendrar alguna sospecha de su intención.

Llegóse en esto el viernes, y él se fue a la mezquita, de la cual no podía salir en casi cuatro horas; y apenas le vio Halima apartado de los umbrales de casa,

Le jour même, le cadi lui dit qu'elle pourrait quand elle le voudrait se rendre chez ses parents et passer en famille autant de jours qu'il lui plairait. Mais enthousiasmée comme elle l'était par les espérances que Leonisa lui avait données, elle ne désirait pas plus se rendre chez ses parents qu'au paradis trompeur de Mahomet; elle lui répondit donc qu'elle n'en avait pour lors aucunement l'intention, et que le jour où elle l'aurait, elle ne manquerait pas de le lui dire, et qu'alors, elle emmènerait avec elle la captive chrétienne.

« Ah ! ça non, répliqua le cadi ; nul ne doit voir le présent offert au Grand Seigneur, et il faut veiller à ce qu'elle ne parle pas avec des chrétiens, puisqu'en tombant au pouvoir du Grand Seigneur, elle doit entrer au sérail et devenir turque, qu'elle le veuille ou non.

— Mais puisqu'elle sera avec moi, repartit Halima, peu importe qu'elle aille dans la maison de mes parents et qu'elle parle avec eux ; je le fais souvent sans cesser pour autant d'être une bonne Turque ; d'ailleurs, je ne pense pas rester chez eux plus de quatre ou cinq jours, car l'amour que je vous porte ne voudra pas que je m'absente plus longtemps, sans vous voir. »

Le cadi se garda de lui répondre, pour ne pas éveiller de soupçons sur ses projets.

Le vendredi arriva, et il s'en fut à la mosquée, où il serait retenu près de quatre heures ; à peine Halima l'eut-elle vu quitter le seuil de la maison

cuando mandó llamar a Mario; mas no le dejaba entrar un cristiano corso que servía de portero en la puerta del patio si Halima no le diera voces que le dejase, y así entró confuso y temblando, como si fuera a pelear con un ejército de enemigos.

Estaba Leonisa del mismo modo y traje que cuando entró en la tienda del bajá, sentada al pie de una escalera grande de mármol, que a los corredores subía. Tenía la cabeza inclinada sobre la palma de la mano derecha y el brazo sobre las rodillas, los ojos a la parte contraria de la puerta por donde entró Mario, de manera que, aunque él iba hacia la parte donde ella estaba, ella no le veía. Así como entró Ricardo, paseó toda la casa con los ojos, y no vio en toda ella sino un mudo y sosegado silencio, hasta que paró la vista donde Leonisa estaba. En un instante, al enamorado Ricardo le sobrevinieron tantos pensamientos, que le suspendieron y alegraron, considerándose veinte pasos a su parecer, o poco más, desviado de su felicidad y contento; considerábase cautivo, y a su gloria cn poder ajeno. Estas cosas revolviendo entre sí mismo, se movía poco a poco, y con temor y sobresalto, alegre y triste, temeroso y esforzado, se iba llegando al centro donde estaba el de su alegría, cuando a deshora volvió el rostro Leonisa,

qu'elle fit appeler Mario; mais le chrétien corse qui gardait la porte de la cour refusa de le laisser entrer jusqu'à ce qu'elle eût donné de la voix, et ce fut ainsi que Ricardo se trouva dans la place, perplexe et tremblant, comme s'il allait affronter une armée d'ennemis.

Avec la même apparence et dans le même appareil que lorsqu'elle avait paru dans la tente du pacha, Leonisa était assise au pied d'un grand escalier de marbre qui conduisait aux galeries de l'étage. La tête inclinée appuyée sur la paume de sa main droite et le bras sur ses genoux, elle regardait dans la direction opposée à la porte par laquelle Ricardo entra, de sorte qu'elle ne put l'apercevoir tandis qu'il s'approchait de l'endroit où elle se tenait. Dès que Ricardo eut pénétré dans la cour, il parcourut la maison du regard, et ne trouva partout que calme et silence profond, jusqu'à ce que son regard se fût arrêté sur Leonisa. En un instant, tant de pensées se présentèrent à l'amant qu'elles l'immobilisèrent et le remplirent d'allégresse, quand il considéra qu'une vingtaine de pas, à ce qui lui semblait, ou à peine plus, était tout ce qui le séparait de sa félicité et de son contentement, encore qu'il se vît captif et trouvât son âme en des mains étrangères. Tout en tournant et retournant ces pensées, il avança à pas lents et, d'inquiétude en alarme, de joie en peine, d'effroi en vaillance, il touchait à la sphère où se trouvait le foyer de son allégresse quand, inopinément, Leonisa tourna la tête,

y puso los ojos en los de Mario, que atentamente la miraba. Mas cuando la vista de los dos se encontraron, con diferentes efetos dieron señal de los que sus almas habían sentido. Ricardo se paró y no pudo echar pie adelante; Leonisa, que por la relación de Mahamut tenía a Ricardo por muerto, y el verle vivo tan no esperadamente, llena de temor y espanto, sin quitar dél los ojos ni volver las espaldas, volvió atrás cuatro o cinco escalones, y sacando una pequeña cruz del seno, la besaba muchas veces, y se santiguó infinitas, como si alguna fantasma u otra cosa del otro mundo estuviera mirando.

Volvió Ricardo de su embelesamiento, y conoció por lo que Leonisa hacía la verdadera causa de su temor, y así le dijo :

– A mí me pesa, ¡oh hermosa Leonisa!, que no hayan sido verdad las nuevas que de mi muerte te dio Mahamut, porque con ella excusara los temores que ahora tengo de pensar si todavía está en su ser y entereza el rigor que continuo has usado conmigo. Sosiégate, señora, y baja, y si te atreves a hacer lo que nunca hiciste, que es llegarte a mí, llega y verás que no soy cuerpo fantástico; Ricardo soy, Leonisa; Ricardo, el de tanta ventura cuanta tú quisieres que tenga.

Púsose Leonisa en esto el dedo en la boca, por lo cual entendió Ricardo que era señal de que callase o hablase más quedo; y tomando algún poco de ánimo,

et plongea son regard dans celui du jeune homme, qui l'observait. Mais comme leurs regards se rencontraient, ce qu'éprouvèrent leurs âmes se manifesta par des effets différents. Ricardo se figea et ne put faire un pas de plus; Leonisa qui d'après le récit de Mahamoud le tenait pour mort et le découvrait vivant d'une manière si inattendue, remplie d'épouvante, de terreur, sans le quitter des yeux et sans lui tourner le dos, monta à reculons quatre ou cinq marches, et tirant une petite croix de son sein, la baisa à plusieurs reprises en se signant d'abondance, comme si quelque spectre ou quelque créature de l'autre monde s'étaient offerts à sa vue.

Ricardo revint de son ivresse et comprenant aux gestes de Leonisa d'où venait véritablement sa terreur, il lui parla ainsi :

«Je déplore, ô belle Leonisa, que l'annonce de ma mort que t'a faite Mahamoud ne soit pas vraie, car ainsi je n'éprouverais pas les terreurs qui sont les miennes à présent, à l'idée que tu nourris encore en ton sein cette rigueur que tu m'as toujours réservée. Apaise-toi, ô mon âme, et descends jusqu'à moi; ose faire ce que tu n'as jamais fait, approche-toi de moi, approche, et tu verras que je ne suis pas un corps surnaturel; je suis Ricardo, Leonisa; Ricardo heureux de tout le bonheur que tu voudras bien lui donner.»

Leonisa posa alors un doigt sur ses lèvres, Ricardo comprit qu'elle lui faisait signe de se taire ou de parler moins haut et, quelque peu enhardi,

se fue llegando a ella en distancia que pudo oir estas razones :

– Habla paso, Mario, que así me parece que te llamas ahora, y no trates de otra cosa de la que yo te tratare; y advierte que podría ser que el habernos oído fuese parte para que nunca nos volviésemos a ver. Halima, nuestra ama, creo que nos escucha, la cual me ha dicho que te adora; hame puesto por intercesora de su deseo. Si a él quisieres corresponder, aprovecharte ha más para el cuerpo que para el alma; y cuando no quieras, es forzoso que lo finjas, siquiera porque yo te lo ruego y por lo que merecen deseos de mujer declarados.

A esto respondió Ricardo :

– Jamás pensé ni pude imaginar, hermosa Leonisa, que cosa que me pidieras trujera consigo imposible de cumplirla; pero la que me pides me ha desengañado. ¿Es por ventura la voluntad tan ligera que se pueda mover y llevar donde quisieren llevarla, o estarle ha bien al varón honrado y verdadero fingir en cosas de tanto peso? Si a ti te parece que alguna destas cosas se debe o puede hacer, haz lo que más gustares, pues eres señora de mi voluntad; mas ya se que también me engañas en esto, pues jamás la has conocido, y así no sabes lo que has de hacer della.

il s'approcha suffisamment d'elle pour pouvoir entendre ses explications :

« Parle bas, Mario, puisqu'il paraît que tu t'appelles ainsi à présent, et ne m'entretiens pas d'autre chose que ce de quoi je t'entretiendrai ; et songe qu'il se pourrait que quelques paroles surprises suffisent à nous empêcher de nous revoir jamais. Halima, notre maîtresse, qui je crois nous écoute, m'a dit qu'elle t'adore ; elle m'a demandé d'être la messagère de son désir. Si tu voulais y répondre, tu y trouverais plus de profit pour le corps que pour l'âme ; et si tu ne le voulais pas, il te faudrait feindre de le vouloir, ne serait-ce que parce que je t'en prie, et pour ce que l'on doit aux vœux que déclare une femme. »

À cela, Ricardo répondit :

« Je n'aurais jamais cru ou pu imaginer, belle Leonisa, qu'une de tes demandes puisse s'avérer impossible à satisfaire, mais celle-ci m'a détrompé. L'amour serait-il si léger qu'il pourrait aller à l'aventure et se porter où l'on voudrait le conduire, et convient-il à l'honnête homme sincère de feindre ce qui a tant de poids ? S'il te paraît que l'on doive ou que l'on puisse faire l'une ou l'autre de ces choses, agis comme bon te semble, puisque tu es maîtresse de ma volonté, mais je crois qu'en cela aussi tu me fourvoies parce que, ne sachant rien d'elle, tu ne sais pas non plus qu'en faire.

Pero a trueco que no digas que en la primera cosa que me mandaste dejaste de ser obedecida, yo perderé del derecho que debo a ser quien soy, y satisfaré tu deseo y el de Halima fingidamente, como dices, si es que se ha de granjear con esto el bien de verte; y así finge tú las respuestas a tu gusto, que desde aquí las firma y confirma mi fingida voluntad. Y en pago desto que por ti hago, que es lo más que a mi parecer podré hacer, aunque de nuevo te dé el alma que tantas veces te he dado, te ruego que brevemente me digas cómo escapaste de las manos de los cosarios y cómo veniste a las del judío que te vendió.

– Más espacio–respondió Leonisa–pide el cuento de mis desgracias; pero con todo eso, te quiero satisfacer en algo. Sabrás, pues, que a cabo de un día que nos apartamos, volvió el bajel de Yzuf con un recio viento a la misma isla de Pantanalea, donde también vimos a vuestra galeota, pero la nuestra, sin poderlo remediar, embistió en las peñas. Viendo, pues, mi amo tan a los ojos su perdición, vació con gran presteza dos barriles que estaban llenos de agua, tapólos muy bien, y atólos con cuerdas el uno con el otro; púsome a mí entre ellos, desnudóse luego, y tomando otro barril entre los brazos, se ató con un cordel el cuerpo, y con el mismo cordel dio cabo a mis barriles, y con grande ánimo se arrojó a la mar, llevándome tras sí.

Mais pour que tu ne dises pas que je t'ai refusé la première chose que tu m'as demandée, je vais renoncer au devoir qui m'impose d'être ce que je suis, satisfaire ton désir et feindre comme tu le dis de combler celui de Halima, si c'est là le seul moyen d'obtenir le bonheur de te voir; toi, forge à ton gré les réponses que je t'aurai faites; mon affection feinte les signe et les contresigne dès à présent. En reconnaissance de ce que je fais pour toi, et je ne pourrais, me semble-t-il, faire davantage, hormis que te donner, une fois encore, mon âme, que je t'ai déjà donnée tant de fois, dis-moi, je t'en prie, rapidement, comment tu as échappé aux mains des corsaires et comment tu es tombée entre celles du juif qui t'a vendue.

— Le récit de mes mésaventures, répondit Leonisa, exige plus de temps que nous n'en avons; mais je veux tout de même te satisfaire en quelque point. Sache donc qu'un jour après notre séparation, un vent terrible ramena le navire de Youssouf à l'île de Pantelleria, où nous aperçûmes aussi votre galiote; mais la nôtre, sans que l'on pût y remédier, alla heurter les rochers. Se voyant alors perdu, mon maître vida en toute hâte deux barils d'eau, les ferma soigneusement, et les attacha avec des cordes l'un à l'autre; il me plaça entre les deux; puis, se dévêtant, il prit un autre baril entre ses bras, noua un cordage autour de sa taille, dont il attacha l'autre extrémité à mes barils, et avec la plus grande résolution se jeta à la mer, me tirant à lui;

Yo no tuve ánimo para arrojarme, que otro turco me impelió y me arrojó tras Yzuf, donde caí sin ningún sentido, ni volví en mí hasta que me hallé en tierra en brazos de dos turcos, que vuelta la boca al suelo me tenían, derramando gran cantidad de agua que había bebido. Abrí los ojos, atónita y espantada, y vi a Yzuf junto a mí, hecha la cabeza pedazos; que, según después supe, al llegar a tierra dio con ella en las peñas, donde acabó la vida. Los turcos asimismo me dijeron que tirando de la cuerda me sacaron a tierra casi ahogada; solas ocho personas se escaparon de la desdichada galeota.

«Ocho días estuvimos en la isla, guardándome los turcos el mismo respecto que si fuera su hermana, y aun más. Estábamos escondidos en una cueva, temerosos ellos que no bajasen de una fuerza de cristianos que está en la isla, y los cautivasen; sustentáronse con el bizcocho mojado que la mar echó a la orilla, de lo que llevaban en la galeota, lo cual salían a coger de noche. Ordenó la suerte, para mayor mal mío, que la fuerza estuviese sin capitán, que pocos días había que era muerto, y en la fuerza no había sino veinte soldados; esto se supo de un muchacho que los turcos cautivaron, que bajó de la fuerza a coger conchas a la marina.

je n'eus pas le courage de m'y précipiter à mon tour, mais un autre Turc me poussa et m'envoya rejoindre Youssouf, près duquel je tombai sans connaissance. Je ne revins à moi que sur le rivage, dans les bras de deux Turcs qui me tenaient face contre terre pour me faire rendre la grande quantité d'eau que j'avais avalée. J'ouvris les yeux, interdite et épouvantée, et je découvris Youssouf près de moi, la tête fracassée; comme je l'appris ensuite, elle avait frappé les rochers comme il touchait terre, et ce fut là qu'il périt. Les Turcs me dirent encore qu'en amenant le cordage, ils m'avaient tirée à terre quasiment noyée. Il n'y eut que huit rescapés de la malheureuse galiote.

« Nous restâmes huit jours dans l'île, les Turcs me témoignant le même respect que si j'avais été leur sœur, et même davantage. Nous nous étions cachés dans une grotte, car ils craignaient que les chrétiens ne descendissent d'un fort de l'île et ne les fissent prisonniers; nous nous nourrîmes de biscuit mouillé provenant de la galiote, que la mer rejetait sur le rivage et qu'ils allaient chercher la nuit. Le sort voulut, pour mon plus grand malheur, que le fort fût sans commandant; l'homme était mort depuis quelques jours, et il n'y avait dans la place qu'une vingtaine de soldats; c'est ce que nous apprit un garçon qui en était sorti pour aller ramasser des coquillages sur la grève et dont les Turcs s'étaient emparés.

A los ocho días llegó a aquella costa un bajel de moros que ellos llaman caramuzales, viéronle los turcos, y salieron de donde estaban, haciendo señas al bajel, que estaba cerca de tierra, tanto, que conoció ser turcos los que los llamaban. Ellos contaron sus desgracias, y los moros los recibieron en su bajel, en el cual venía un judío, riquísimo mercader, y toda la mercancía del bajel, o más, era suya; era de barraganes y alquiceles, y de otras cosas que de Berbería se llevaban a Levante. En el mismo bajel los turcos se fueron a Trípol, y en el camino me vendieron al judío, que dio por mí dos mil doblas, precio excesivo, si no le hiciera liberal el amor que el judío me descubrió.

«Dejando, pues, los turcos en Trípol, tornó el bajel a hacer su viaje, y el judío dio en solicitarme descaradamente. Yo le hice la cara que merecían sus torpes deseos. Viéndose, pues, desesperado de alcanzarlos, determinó de deshacerse de mí en la primera ocasión que se le ofreciese; y sabiendo que los dos bajaes Alí y Hazán estaban en aquesta isla, donde podía vender su mercaduría tan bien como en Xío,

Huit jours plus tard un de ces navires marchands que les Maures appellent *caramuzales* [1] longea la côte; lorsque les Turcs l'aperçurent, ils sortirent de l'abri et adressèrent des signaux à la nef, qui se trouvait près du rivage, si près que l'équipage reconnut que ceux qui les leur adressaient étaient turcs. Ces derniers leur racontèrent leurs malheurs et les Maures les laissèrent monter à bord de leur vaisseau, sur lequel se trouvait un riche marchand juif à qui appartenait, entre autres, toute la cargaison du navire, composée de bouracans, de tapis [2], et d'autres marchandises encore qu'il transportait de Barbarie au Levant. Ce navire amena à Tripoli les Turcs qui en chemin me vendirent au juif; il offrit pour moi deux mille pistoles, un prix excessif, mais l'amour qu'il éprouvait pour moi, et qu'il me découvrit, le rendait généreux.

« Quand il eut laissé les Turcs à Tripoli, le bateau reprit sa route, et le juif se mit à me solliciter sans vergogne. Je lui réservai l'accueil que méritaient ses viles intentions. Et quand il eut perdu l'espoir de pouvoir les réaliser, il résolut de se défaire de moi à la première occasion qui se présenterait; comme il savait que les deux pachas Ali et Hassan se trouvaient dans cette île, où il pourrait écouler sa marchandise aussi bien qu'à Chio,

1. *Caramuzal* : « Embarcation qu'utilisent les Maures, et qui sert le plus souvent à transporter des marchandises » (*D. de A.*).
2. Les *barraganes* ou bouracans sont de grandes pièces d'étoffe de poil ou de laine mêlée quelquefois de soie en chaîne ; les *alquiceles*, des tapis de table ou de bancs.

en que pensaba venderla, se vino aquí con intención de venderme a alguno de los dos bajaes, y por eso me vistió de la manera que ahora me ves, por aficionarles la voluntad a que me comprasen. He sabido que me ha comprado este cadí para llevarme a presentar al Gran Turco, de que estoy no poco temerosa. Aquí he sabido de tu fingida muerte, y séte decir, si lo quieres creer, que me pesó en el alma y que te tuve más envidia que lástima, y no por quererte mal, que ya que soy desamorada, no soy ingrata ni desconocida, sino porque habías acabado con la tragedia de tu vida.

– No dices mal, señora–respondió Ricardo–, si la muerte no me hubiera estorbado el bien de volver a verte; que ahora en más estimo este instante de gloria de gozo en mirarte, que otra ventura, como no fuera la eterna, que en la vida o en la muerte pudiera asegurarme mi deseo. El que tiene mi amo el cadí, a cuyo poder he venido por no menos varios accidentes que los tuyos, es el mismo para contigo que para conmigo lo es el de Halima; hame puesto a mí por intérprete de sus pensamientos. Acepté la empresa, no por darle gusto, sino por el que granjeaba en la comodidad de hablarte, porque veas, Leonisa, el término a que nuestras desgracias nos han traído,

où il avait pensé le faire, il vint donc ici afin de me vendre à l'un ou à l'autre des pachas, et c'est à cette fin qu'il me fit revêtir l'appareil dans lequel tu me vois, pour leur inspirer le désir de m'acquérir. J'ai appris que notre cadi m'a achetée pour aller m'offrir en présent au Grand Turc, ce qui ne laisse pas de m'inquiéter. C'est ici que j'ai appris également ta fausse mort, ce qui, j'ose te le dire et te prier de le croire, a accablé mon âme et m'a inspiré à ton égard plus d'envie que de pitié, non pas parce que tu ne me serais pas cher, dans le désamour qui est le mien, je ne suis ni ingrate ni sans reconnaissance, mais parce que ainsi tu eusses vu s'achever le drame de ta vie.

— Tu parlerais d'or, répondit Ricardo, si en mourant je n'eusse été privé du bonheur de te revoir ; car désormais je prise plus cet instant de félicité dont je jouis en te regardant que n'importe quelle autre des joies, hormis l'éternelle, que mes vœux pourraient me valoir dans la vie ou dans la mort. Ceux du cadi mon maître, au pouvoir duquel m'ont conduit des aventures non moins diverses que les tiennes, sont pareils à ton égard que ceux de Halima au mien ; il m'a demandé de me faire auprès de toi l'interprète de ses pensées. J'ai accepté de m'en charger, non pas pour son plaisir mais pour celui que me donnait la possibilité de m'entretenir avec toi ; vois, Leonisa, à quelles extrémités nos malheurs nous ont réduits ;

a ti a ser medianera de un imposible que en lo que me pides conoces, a mí a serlo también de la cosa que menos pensé, y de la que daré por no alcanzalla la vida, que ahora estimo en lo que vale la alta ventura de verte.

– No sé qué te diga, Ricardo –replicó Leonisa–, ni qué salida se tome al laberinto donde, como dices, nuestra corta ventura nos tiene puestos. Sólo sé decir que es menester usar en esto lo que de nuestra condición no se puede esperar, que es el fingimiento y engaño; y así digo que de tí daré a Halima algunas razones que antes la entretengan que desesperen. Tú de mí podrás decir al cadí lo que para seguridad de mi honor y de su engaño vieres que más convenga; y pues yo pongo mi honor en tus manos, bien puedes creer dél que le tengo con la entereza y verdad que podían poner en duda tantos caminos como he andado y tantos combates como he sufrido. El hablarnos será fácil y a mí será de grandísimo gusto el hacello, con presupuesto que jamás me has de tratar cosa que a tu declarada pretensión pertenezca, que en la hora que tal hicieres, en la misma me despediré de verte, porque no quiero que pienses que es de tan pocos quilates mi valor que ha de hacer con él la cautividad lo que la libertad no pudo :

toi, à me demander au nom d'une autre quelque chose que tu sais que je ne peux faire, et moi, à faire de même pour une chose que je n'eusse jamais pu concevoir et que je ne voudrais pas voir se réaliser, dût-il m'en coûter la vie, que j'estime à cette heure au prix du grand bonheur de te voir.

— Je ne sais que te dire, Ricardo, répondit Leonisa, et pas davantage quelle est l'issue du labyrinthe où nous enferme ce que tu appelles notre bonheur, bien éphémère. Tout ce que je sais, c'est qu'il nous faut user en cette affaire de ce à quoi notre condition ne semblait pas pouvoir se prêter, c'est-à-dire de feinte et de tromperie; en ton nom, je tiendrai donc à Halima des propos tournés de manière à l'amuser plutôt qu'à lui ravir ses espérances. Toi, tu pourras en mon nom dire au cadi, pour défendre mon honneur et lui garder ses illusions, ce que tu jugeras bon; et puisque je remets mon honneur entre tes mains, sache qu'en vérité je l'ai gardé intact malgré ce que pourraient laisser croire tout le chemin parcouru et tous les combats livrés. Nous aurons la possibilité de nous entretenir à loisir, et je trouverai beaucoup de plaisir à le faire, pourvu que tu ne me dises rien de la prétention que tu m'as déclarée; si tu le faisais jamais, sur l'heure je cesserais de te voir, car je ne voudrais pas que tu penses que ma valeur est de si bas aloi [1] que la captivité puisse sur elle ce que n'a pu la liberté :

1. Les *quilares* étaient des mesures servant à peser les perles et les diamants.

como el oro tengo de ser, con el favor del cielo, que mientras más se acrisola, queda con más pureza y más limpio. Conténtate con que he dicho que no me dará, como solía, fastidio tu vista, porque te hago saber, Ricardo, que siempre te tuve por desabrido y arrogante, y que presumías de ti algo más de lo que debías. Confieso también que me engañaba, y que podría ser que hacer ahora la experiencia me pusiese la verdad delante de los ojos el desengaño, y estando desengañada, fuese con ser honesta más humana. Vete con Dios, que temo no nos haya escuchado Halima, la cual entiende algo de la lengua cristiana, a lo menos de aquella mezcla de lenguas que se usa, con que todos nos entendemos.

– Dices muy bien, señora–respondió Ricardo–, y agradézcote infinito el desengaño que me has dado, que le estimo en tanto como la merced que me haces en dejar verte; y como tú dices, quizá la experiencia te dará a entender cuán llana es mi condición y cuán humilde, especialmente para adorarte; y sin que tú pusieras término ni raya a mi trato, fuera él tan honesto para contigo, que no acertaras a desearle mejor. En lo que toca a entretener al cadí, vive descuidada; haz tú lo mismo con Halima, y entiende, señora, que después que te he visto ha nacido en mí una esperanza tal, que me asegura que presto hemos de alcanzar la libertad deseada.

je veux, avec l'aide du ciel, être comme l'or qui d'être passé et repassé au creuset gagne en pureté et en valeur. Contente-toi de ce que je t'ai dit : j'aurai plaisir à te voir, ce qui n'était pas le cas jusqu'ici; car il faut que tu saches, Ricardo, que je t'ai toujours trouvé brutal et arrogant, plus présomptueux que tu n'aurais dû l'être. Je reconnais encore que je me trompais, et il se pourrait que ce que nous vivons à présent, en me mettant la vérité sous les yeux, me détrompe, et que, détrompée, je devienne, en étant plus franche, plus humaine. Dieu te garde; j'ai bien peur que Halima ne nous ait entendus, car elle comprend un peu la langue des chrétiens ou du moins ce sabir dont on se sert ici pour se faire comprendre.

— C'est fort bien dit, mon amie, répondit Ricardo, et je te remercie infiniment de m'avoir éclairé, ce qui est pour moi aussi précieux que la grâce que tu m'accordes en me laissant te voir; il se pourrait, comme tu l'as dit, que l'expérience te révèle toute la simplicité et l'humilité dont je suis capable, surtout quand il s'agit de t'adorer; et tu n'auras pas à mettre un terme ou à poser une limite à notre commerce, car je te témoignerai un respect tel que tu ne lui trouveras rien qui laisse à désirer. Et pour ce qui est d'amuser le cadi, sois tranquille : fais de même avec Halima, et sache que depuis que je t'ai vue est née en moi une espérance si grande que je ne doute plus que nous recouvrions bientôt la liberté à laquelle nous aspirons.

Y con esto quédate a Dios, que otra vez te contaré los rodeos por donde la fortuna me trujo a este estado, después que de ti me aparté, o, por mejor decir, me apartaron.

Con esto se despidieron, y quedó Leonisa contenta y satisfecha del llano proceder de Ricardo, y él contentísimo de haber oído una palabra de la boca de Leonisa sin aspereza.

Estaba Halima cerrada en su aposento, rogando a Mahoma trujese Leonisa buen despacho de lo que le había encomendado. El cadí estaba en la mezquita recompensando con los suyos los deseos de su mujer, teniéndolos solícitos y colgados de la respuesta que esperaba oír de su esclavo, a quien había dejado encargado hablase a Leonisa, pues para poderlo hacer le daría comodidad Mahamut, aunque Halima estuviese en casa. Leonisa acrecentó en Halima el torpe deseo y el amor, dándole muy buenas esperanzas que Mario haría todo lo que pidiese; pero que había de dejar pasar primero dos lunas antes que concibiese con lo que deseaba él mucho más que ella, y este tiempo y término pedía a causa que hacía una plegaria y oración a Dios para que le diese libertad. Contentóse Halima de la disculpa y de la relación de su querido Mario, a quien ella diera libertad antes del término devoto, como él concediera con su deseo;

Sur ce, Dieu te garde ; je te raconterai une autre fois par quels détours la fortune m'a réduit à cet état, depuis que je t'ai quittée ou, pour mieux dire, depuis que j'ai été séparé de toi. »

Sur ces mots, ils prirent congé, Leonisa contente et satisfaite de la simplicité affable qu'avait manifestée Ricardo et lui plus qu'heureux d'avoir entendu de la bouche de Leonisa une parole sans âpreté.

Halima s'était enfermée dans ses appartements pour prier Mahomet de couronner de succès la mission qu'elle avait confiée à Leonisa. À la mosquée, le cadi rendait à son épouse souhait pour souhait en sollicitant instamment la réalisation des siens, tout entière suspendue à la réponse qu'il espérait entendre de l'esclave chargé de parler en son nom à Leonisa, et dont Mahamoud devait faciliter l'entreprise malgré la présence de Halima dans la maison. Leonisa aviva les intentions lascives de Halima et son amour en lui laissant bon espoir que Mario accomplirait toutes ses volontés, mais elle ajouta qu'il faudrait attendre deux lunes avant de pouvoir obtenir ce que lui désirait encore plus vivement qu'elle, et qu'il demandait ce délai parce qu'il était en train d'adresser à Dieu des supplications pour que la liberté lui soit rendue. Halima se contenta de cette excuse et de ce qu'avait dit son bien-aimé Mario, à qui elle eût même rendu sa liberté avant la fin de ses dévotions, pour peu qu'il eût accédé à ses vœux ;

y así rogó a Leonisa le rogase dispensase con el tiempo y acortase la dilación, que ella le ofrecía cuanto el cadí pidiese por su rescate.

Antes que Ricardo respondiese a su amo, se aconsejó con Mahamut de qué le respondería; y acordaron entre los dos que le desesperasen y le aconsejasen que lo más presto que pudiese la llevase a Constantinopla, y que en el camino, o por grado o por fuerza, alcanzaría su deseo; y que para el inconveniente que se podía ofrecer de cumplir con el Gran Señor, sería bueno comprar otra esclava, y en el viaje fingir o hacer de modo como Leonisa cayese enferma, y que una noche echarían la cristiana comprada a la mar, diciendo que era Leonisa, la cautiva del Gran Señor, que se había muerto; y que esto se podía hacer y se haría en modo que jamás la verdad fuese descubierta, y él quedase sin culpa con el Gran Señor, y con el cumplimiento de su voluntad; y que, para la duración de su gusto, después se daría traza conveniente y más provechosa. Estaba tan ciego el mísero y anciano cadí, que si otros mil disparates le dijeran, como fueran encaminados a cumplir sus esperanzas, todos los creyera, cuanto más que le pareció que todo lo que le decían llevaba buen camino y prometía próspero suceso;

aussi demanda-t-elle à Leonisa de le prier de s'accorder moins de temps et d'écourter le délai, puisqu'elle lui offrait la somme que le cadi demandait pour sa rançon.

Avant d'apporter la réponse à son maître, Ricardo demanda conseil à Mahamoud sur ce qu'il convenait de dire; ils tombèrent d'accord pour lui ôter toute espérance, lui conseiller d'emmener au plus vite la captive à Constantinople et d'assouvir en chemin, de gré ou de force, son désir; quant à la difficulté que pouvait présenter la satisfaction du Grand Seigneur, il serait bon d'acheter une autre esclave et, en cours de voyage, de prétendre ou de faire croire que Leonisa était tombée malade; on jetterait une nuit à la mer la chrétienne achetée en disant qu'il s'agissait de Leonisa, la captive destinée au Grand Seigneur, qui était morte; et tout cela se pourrait faire et se ferait de sorte que la vérité ne soit jamais découverte, et il demeurerait innocent devant le Grand Seigneur, ses desseins assouvis; enfin, pour prolonger ses plaisirs, on trouverait ensuite un expédient adéquat et plus avantageux. Le pauvre vieux cadi était tellement aveuglé que si on lui avait servi mille autres âneries, pourvu qu'elles allassent dans le sens de ses espérances, il les eût toutes avalées, d'autant plus facilement que tout ce que Mahamoud et Ricardo lui dirent lui parut très sensé et de fort bon augure;

y así era la verdad, si la intención de los dos consejeros no fuera levantarse con el bajel y darle a él la muerte en pago de sus locos pensamientos. Ofreciósele al cadí otra dificultad, a su parecer mayor de las que en aquel caso se le podía ofrecer; y era pensar que su mujer Halima no le había de dejar ir a Constantinopla si no la llevaba consigo; pero presto la facilitó, diciendo que en cambio de la cristiana que habían de comprar para que muriese por Leonisa, serviría Halima, de quien deseaba librarse más que de la muerte.

Con la misma facilidad que él lo pensó, con la misma se lo concedieron Mahamut y Ricardo; y quedando firmes en esto, aquel mismo día dio cuenta el cadí a Halima del viaje que pensaba hacer a Constantinopla a llevar la cristiana al Gran Señor, de cuya liberalidad esperaba que le hiciese gran cadí del Cairo o de Constantinopla. Halima le dijo que le parecía muy bien su determinación, creyendo que se dejaría a Ricardo en casa; mas cuando el cadí le certificó que le había de llevar consigo y a Mahamut también tornó a mudar de parecer y a desaconsejarle lo que primero le había aconsejado. En resolución, concluyó que si no la llevaba consigo no pensaba dejarle ir en ninguna manera. Contentóse el cadí de hacer lo que ella quería, porque pensaba sacudir presto de su cuello aquella para él tan pesada carga.

et c'eût été le cas si ses deux conseillers n'avaient eu l'intention de soulever l'équipage et de lui faire payer de sa vie ses folles idées. Une autre difficulté se présentait au cadi, plus insurmontable à ses yeux que toutes celles que l'affaire pouvait poser; c'était l'idée que son épouse ne le laisserait pas partir à Constantinople s'il ne l'emmenait avec lui; mais il aplanit bientôt cet obstacle en décidant qu'au lieu d'acheter une chrétienne pour la faire mourir à la place de Leonisa, il n'aurait qu'à se servir de Halima, dont il désirait s'affranchir plus que de la mort.

Mahamoud et Ricardo acceptèrent son idée avec la même facilité qu'il mit à la concevoir, et leur projet arrêté, le cadi fit part à Halima, le jour même, de son intention d'aller à Constantinople pour livrer la chrétienne au Grand Seigneur, de la générosité duquel il attendait, en récompense, d'être fait grand cadi du Caire ou de Constantinople. Halima approuva la résolution de son époux, pensant qu'il laisserait Mario à la maison; mais quand il lui annonça qu'il l'emmènerait avec lui, ainsi que Mahamoud, elle changea de visage et lui déconseilla de faire ce qu'elle venait d'approuver. Elle conclut en disant que si elle n'était pas du voyage, elle ne le laisserait partir sous aucun prétexte. Le cadi consentit à faire ce qu'elle voulait, à la pensée que ses épaules seraient bientôt délestées de cette charge qui lui semblait si lourde

No se descuidaba en este tiempo Hazán Bajá de solicitar al cadí le entregase la esclava, ofreciéndole montes de oro, y habiéndole dado a Ricardo de balde, cuyo rescate apreciaba en dos mil escudos, facilitábale la entrega con la misma industria que él se había imaginado de hacer muerta la cautiva cuando el Gran Turco enviase por ella. Todas estas dádivas y promesas aprovecharon con el cadí no más de ponerle en la voluntad que abreviase su partida; y así solicitado de su deseo y de las importunaciones de Hazán, y aun de las de Halima, que también fabricaba en el aire vanas esperanzas, dentro de veinte días aderezó un bergantín de quince bancos, y le armó de buenas boyas, moros y de algunos cristianos griegos. Embarcó en él toda su riqueza, y Halima no dejó en su casa cosa de momento, y rogó a su marido que la dejase llevar consigo a sus padres para que viesen a Constantinopla. Era la intención de Halima la misma que la de Mahamut : hacer con él y con Ricardo que en el camino se alzasen con el bergantín; pero no les quiso declarar su pensamiento hasta verse embarcada, y esto con voluntad de irse a tierra de cristianos,

Pendant ce temps, Hassan-pacha ne cessait de presser le cadi de lui livrer l'esclave, lui offrant des montagnes d'or après lui avoir gracieusement cédé Ricardo, dont il évaluait la rançon à deux mille écus; et pour que le cadi lui remît plus facilement la chrétienne, il lui suggéra la même ruse que celle à laquelle le religieux pensait avoir recours, qui était de la faire passer pour morte quand le Grand Turc l'enverrait chercher. Tous les présents qui lui étaient offerts, toutes les promesses qui lui étaient faites ne servirent qu'à renforcer l'intention du cadi de hâter ses préparatifs de départ; et aussi pressé par son désir que par les importunités de Hassan et plus encore par celles de Halima, qui elle aussi bâtissait des chimères, il arma en une vingtaine de jours un brigantin de quinze bancs [1], avec de bonnes bouées et un équipage de Maures et de quelques Grecs chrétiens. Il y fit embarquer toutes ses richesses, Halima ne laissa rien chez elle qui eût quelque valeur et pria son époux de la laisser emmener ses parents avec elle, pour leur montrer Constantinople. L'intention de Halima était la même que celle de Mahamoud : provoquer en chemin avec l'aide de ce dernier et celle de Ricardo une mutinerie, et s'emparer du brigantin; mais elle ne voulut pas leur faire part de sa pensée avant d'être à bord; son dessein était de se rendre en terre chrétienne,

1. Bancs où sont assis les galériens.

y volverse a lo que primero había sido, y casarse con Ricardo, pues era de creer que llevando tantas riquezas consigo, y volviéndose cristiana, no dejaría de tomarla por mujer.

En este tiempo habló otra vez Ricardo con Leonisa, y le declaró toda su intención, y ella le dijo la que tenía Halima, que con ella había comunicado; encomendáronse los dos el secreto, y encomendándose a Dios, esperaban el día de la partida, el cual llegado, salió Hazán, acompañándolos hasta la marina con todos sus soldados, y no los dejó hasta que se hicieron a la vela, ni aun quitó los ojos del bergantín hasta perderle de vista; y parece que el aire de los suspiros que el enamorado moro arrojaba, impelía con mayor fuerza las velas, que le apartaban y llevaban el alma. Mas como aquel a quien el amor había tanto tiempo que sosegar no le dejaba, pensando en lo que había de hacer para no morir a mano de sus deseos, puso luego por obra lo que con largo discurso y resoluta determinación tenía pensado; y así, en un bajel de diez y siete bancos, que en otro puerto había hecho armar, puso en él cincuenta soldados, todos amigos y conocidos suyos, y a quien él tenía obligados con muchas dádivas y promesas, y dióles orden que saliesen al camino y tomasen el bajel del cadí y sus riquezas,

de redevenir ce qu'elle avait d'abord été et d'épouser Ricardo, car elle ne doutait pas qu'avec toutes les richesses que renfermait le navire, et une fois redevenue chrétienne, il accepterait de la prendre pour femme.

Entre-temps, Ricardo put s'entretenir une nouvelle fois avec Leonisa ; il lui dévoila tout son projet, et elle lui révéla celui que Halima lui avait confié ; ils se remirent l'un à l'autre leur secret et, se recommandant à Dieu, attendirent le jour du départ ; ce jour venu, Hassan sortit de la ville pour les escorter jusqu'au rivage avec tous ses hommes d'armes, ne les quitta point avant que la voile eût été hissée, ne lâcha pas davantage du regard le brigantin avant qu'il ne se fût perdu à l'horizon, et on eût dit que le souffle des soupirs que poussait le Maure amoureux imprimait plus de force aux voiles qui le séparaient de sa bien-aimée et l'emportaient au loin. Mais comme tous ceux à qui l'amour a de longtemps ravi le repos, songeant à ce qu'il lui fallait faire pour ne pas mourir sous les coups de ses désirs, il entreprit ce qu'il avait longuement médité, avec la plus ferme détermination, et fit ainsi entrer dans un bâtiment de dix-sept bancs qu'il avait fait armer dans un port voisin une cinquantaine de soldats de ses amis et connaissances, qu'il s'était attachés par de nombreux présents et d'aussi nombreuses promesses, et leur donna l'ordre de rejoindre le navire du cadi, de l'aborder et de s'emparer de ses richesses,

pasando a cuchillo cuantos en él iban, si no fuese a Leonisa la cautiva; que a ella sola quería por despojo aventajado a los muchos haberes que el bergantín llevaba; ordenóles también que le echasen a fondo, de manera que ninguna cosa quedase que pudiese dar indicio de su perdición. La codicia del saco les puso alas en los pies y esfuerzo en el corazón, aunque bien vieron cuán poca defensa habían de hallar en los del bergantín, según iban desarmados y sin sospecha de semejante acontecimiento.

Dos días había ya que el bergantín caminaba, que al cadí se le hicieron dos siglos, porque luego en el primero quisiera poner en efeto su determinación; mas aconsejáronle sus esclavos que convenía primero hacer de suerte que Leonisa cayese mala, para dar color a su muerte, y que esto había de ser con algunos días de enfermedad. Él no quisiera sino decir que había muerto de repente, y acabar pronto con todo, y despachar a su mujer, y aplacar el fuego que las entrañas poco a poco le iba consumiendo; pero, en efeto, hubo de conde[s]cender con el parecer de los dos.

Ya en esto había Halima declarado su intento a Mahamut y a Ricardo, y ellos estaban en ponerlo por obra al pasar de las cruces de Alejandría, o al entrar de los castillos de la Natolia.

1. Nous ne trouvons, dans l'*Enciclopedia José Espasa e Hijos*, qu'une *Alejandría* qui pourrait convenir, dans ce contexte : « *Alejandría Troas ó de Troade*, nom d'une ville ancienne située en Troade, au s. o. de Troie, plus tard appelée Sigis, et aussi Eski Stambul. » Pour Harry Sieber, *los castillos de Natolia* sont des forts dans le détroit des Dardanelles, ce qui équivaudrait à remettre la

en égorgeant tous ceux qui s'y trouvaient, hormis Leonisa la captive; lui ne désirait qu'elle pour toute part de l'important butin que portait le brigantin; il leur ordonna encore de le couler, de sorte qu'il ne restât rien qui pût signaler sa perte. La soif de pillage leur mit des ailes aux pieds et du cœur au ventre, alors même qu'ils savaient bien quelle piètre résistance pouvaient leur opposer les hommes du brigantin, partis désarmés sans se douter le moins du monde de ce qui les attendait.

Le brigantin faisait voile depuis deux jours qui parurent deux siècles au cadi, lequel eût aimé, dès la première heure, mettre son projet à exécution; mais ses esclaves l'en dissuadèrent, disant qu'il valait mieux faire en sorte que Leonisa parût malade pour donner quelque couleur de vraisemblance à sa mort qui ne pourrait survenir qu'après quelques jours de maladie. Tout ce que voulait le religieux musulman, c'était annoncer qu'elle était morte subitement, en finir au plus vite, se défaire de sa femme, et apaiser le feu qui consumait peu à peu ses entrailles; toutefois, il se rangea à l'avis des deux autres.

Halima avait alors dévoilé ses intentions à Mahamoud et à Ricardo, qui prévirent de tout mettre en œuvre en doublant la pointe d'Alexandrie ou à l'entrée des châteaux d'Anatolie [1].

mutinerie aux calendes grecques. Cervantes mentionnera une nouvelle fois *Alejandría* un peu plus loin, quelque part entre Chypre et Corfou. Toutes ces indications sont trop vagues pour que l'on puisse localiser l'endroit. Bien entendu, chacun reconstruit à sa guise son odyssée, et il n'est pas certain que Cervantes ait voulu reconstruire la sienne avec compas et boussole.

Pero fue tanta la priesa que el cadí les daba, que se ofrecieron de hacerlo en la primera comodidad que se les ofreciese. Y un día, al cabo de seis que navegaban y que ya le parecía al cadí que bastaba el fingimiento de la enfermedad de Leonisa, importunó a sus esclavos que otro día concluyesen con Halima, y la arrojasen al mar amortajada, diciendo ser la cautiva del Gran Señor.

Amaneciendo, pues, el día en que, según la intención de Mahamut y de Ricardo, había de ser el cumplimiento de sus deseos, o del fin de sus días, descubrieron un bajel que a vela y remo les venía dando caza. Temieron fuese de cosarios cristianos, de los cuales ni los unos ni los otros podían esperar buen suceso; porque, de serlo, se temía ser los moros cautivos, y los cristianos, aunque quedasen con libertad, quedarían desnudos y robados; pero Mahamut y Ricardo con la libertad de Leonisa y de la de entrambos se contentaron; con todo esto que se imaginaban, temían la insolencia de la gente cosaria, pues jamás la que se da a tales ejercicios, de cualquiera ley o nación que sea, deja de tener un ánimo cruel y una condición insolente. Pusiéronse en defensa, sin dejar los remos de las manos y hacer todo cuanto pudiesen. Pero pocas horas tardaron que vieron que les iban entrando, de modo que en menos de dos se les pusieron a tiro de cañón.

Mais le cadi les pressait tellement qu'ils proposèrent de le faire aussitôt que l'occasion se présenterait. Après six jours de navigation, et comme il semblait au cadi que la fausse maladie de Leonisa n'avait que trop duré, celui-ci exigea de ses esclaves qu'ils en finissent le lendemain avec Halima, et la jetassent à la mer dans un linceul en disant qu'il s'agissait de la captive offerte au Grand Seigneur.

L'aube parut, puis le jour se leva où Mahamoud et Ricardo, qui devaient, selon leur intention, soit mener à bien leur entreprise, soit voir la fin de leurs jours, aperçurent un navire qui à la voile et à la rame leur donnait la chasse. Ils craignirent qu'il ne s'agît de corsaires chrétiens, desquels ni les uns ni les autres ne pouvaient rien attendre de bon ; parce que si tel était le cas, les Maures avaient tout lieu de redouter d'être faits prisonniers, et les chrétiens de se retrouver, bien que libres, dépouillés de tout, même de leurs vêtements ; Mahamoud et Ricardo se seraient bien contentés d'obtenir la liberté de Leonisa et la leur ; mais malgré ces considérations, ils ne pouvaient laisser de craindre l'insolence des pirates, puisque infailliblement celui qui se livre à ce genre d'occupation, de quelque pays ou de quelque loi qu'il relève, ne peut avoir qu'une âme cruelle et un caractère insolent. On se prépara à se défendre, à faire, sans lâcher les rames, tout ce qui était possible. Mais en quelques heures à peine, ils virent l'autre navire arriver à leur hauteur, et en moins de deux, il fut à portée de canon.

Viendo esto, amainaron, soltaron los remos, tomaron las armas y los esperaron, aunque el cadí dijo que no temiesen, porque el bajel era turquesco, y que no les haría ningún daño. Mandó poner luego una banderita blanca de paz en el peñol de la popa, por que le viesen los que ya ciegos y codiciosos venían con gran furia a embestir el mal defendido bergantín. Volvió en esto la cabeza Mahamut y vio que de la parte de poniente venía una galeota, a su parecer de veinte bancos, y díjoselo al cadí, y algunos cristianos que iban al remo dijeron que el bajel que se descubría era de cristianos, todo lo cual les dobló la confusion y el miedo, y estaban suspensos sin saber lo que harían, temiendo y esperando el suceso que Dios quisiese darles.

Paréceme que diera el cadí en aquel punto por hallarse en Nicosia toda la esperanza de su gusto : tanta era la confusíon en que se hallaba, aunque le quitó presto della el bajel primero, que sin respeto de las banderas de paz ni de lo que a su religión debían, embistieron con el del cadí con tanta furia, que estuvo poco en echarle a fondo. Luego conoció el cadí los que le acometían, y vio que eran soldados de Nicosia, y adivinó lo que podía ser, y dióse por perdido y muerto; y si no fuera que los soldados se dieron antes a robar que a matar, ninguno quedara con vida.

Voyant cela, ils amenèrent les voiles, lâchèrent les rames, saisirent leurs armes et attendirent, bien que le cadi leur eût dit de ne pas s'inquiéter, que le navire était turc et qu'ils ne couraient aucun danger. Il donna l'ordre de hisser un drapeau blanc à la vergue de poupe, pour que le voient ceux qui, déjà aveuglés et avides, se lançaient avec une grande furie à l'abordage du brigantin mal défendu. Ce fut alors que Mahamoud, tournant la tête, vit venir du ponant une galiote, de vingt bancs, lui sembla-t-il ; il en avertit le cadi, et quelques rameurs chrétiens leur dirent que le bâtiment que l'on apercevait était des leurs ; tout cela redoubla la confusion et la peur, et tous étaient figés, incapables de savoir que faire, craignant et attendant le sort que Dieu leur réservait.

Il me semble que le cadi aurait bien donné à cette heure, pour se trouver à Nicosie, tout ce qu'il attendait de son plaisir, tant était grande la confusion en laquelle il se trouvait plongé ; mais le premier vaisseau l'en tira bien vite, car sans nul respect du pavillon de paix et des préceptes religieux, il vint frapper celui du cadi si violemment qu'il s'en faillit de peu qu'il ne l'envoyât par le fond. Le cadi reconnut aussitôt ceux qui l'assaillaient, constata que c'étaient des soldats de Nicosie et, devinant toute l'affaire, se vit perdu et mort ; et si les soldats n'avaient couru au pillage avant de se précipiter au massacre, nul n'aurait eu la vie sauve.

Mas cuando ellos andaban más encendidos y más atentos en su robo, dio un turco voces, diciendo :

– Arma, soldados, que un bajel de cristianos nos embiste.

Y así era la verdad, porque el bajel que descubrió el bergantín del cadí venía con insignias y banderas cristianescas, el cual llegó con toda furia a embestir el bajel de Hazán; pero antes que llegase preguntó uno desde la proa en lengua turquesca que qué bajel era aquel. Respondiéronle que era de Hazán Bajá, virrey de Chipre.

– ¿Pues, cómo–replicó el turco– siendo vosotros mosolimanes, embestís y robáis a ese bajel, que nosotros sabemos que va en él el cadí de Nicosia?

A lo cual respondieron que ellos no sabían otra cosa más de que al bajel les habían ordenado le tomasen, y que ellos como sus soldados y obedientes habían hecho su mandamiento.

Satisfecho de lo que saber quería, el capitán del segundo bajel que venía a la cristianesca dejóle embestir al de Hazán, y acudió al del cadí, y a la primera rociada mató más de diez turcos de los que dentro estaban, y luego le entró con grande ánimo y presteza; mas apenas hubieron puesto los pies dentro, cuando el cadí conoció que el que le embestía

Mais tandis qu'ils s'adonnaient à la rapine, de plus en plus enfiévrés et exaltés, quelques Turcs élevèrent la voix, pour lancer :

« Aux armes, soldats ! Un navire chrétien vient sur nous ! »

C'était vrai ; la galiote qu'on avait aperçue du brigantin du cadi et qui arborait pavillon et insignes chrétiens alla heurter de plein fouet le navire de Hassan ; mais de la proue, avant que commence l'abordage, quelqu'un demanda en turc quel était ce navire. On lui répondit que c'était celui de Hassan-pacha, vice-roi de Chypre.

« Mais comment ? répliqua l'homme ; vous êtes musulmans et vous attaquez et pillez ce bâtiment dans lequel se trouve, nous le savons, le cadi de Nicosie ? »

Les autres lui répondirent qu'ils ne connaissaient quant à eux que l'ordre que leur pacha leur avait donné de s'emparer du navire, ordre qu'ils avaient exécuté, puisqu'ils étaient placés sous son commandement.

Quand il eut appris ce qu'il voulait savoir, le capitaine du deuxième navire, qui portait pavillon chrétien, abandonna l'attaque du vaisseau de Hassan pour aller se jeter sur celui du cadi, et tua à la première salve d'artillerie plus de dix Turcs qui l'avaient investi, avant de se lancer à l'abordage avec autant de hardiesse que d'impétuosité ; mais à peine ses hommes et lui eurent-ils mis les pieds sur le pont que le cadi s'était avisé que son assaillant

no era cristiano, sino Alí Bajá, el enamorado de Leonisa, el cual, con el mismo intento que Hazán, había estado esperando su venida, y por no ser conocido había hecho vestidos a sus soldados como cristianos, para que con esta industria fuese más cubierto su hurto. El cadí, que conoció las intenciones de los amantes y traidores, comenzó a grandes voces a decir su maldad, diciendo :

– ¿Qué es esto, traidor Alí Bajá? Cómo siendo tú mosolimán, (que quiere decir turco) me salteas como cristiano? Y vosotros, traidores de Hazán, ¿qué demonio os ha movido a [a]cometer tan grande insulto? ¿Cómo por cumplir el apetito lascivo del que aquí os envía queréis ir contra vuestro natural señor?

A estas palabras suspendieron todos las armas, y unos a otros se miraron y se conocieron, porque todos habían sido soldados de un mismo capitán y militado debajo de una bandera, y confundiéndose con las razones del cadí y con su mismo maleficio, ya se les embotaron los filos de los alfanjes y se les desmayaron los ánimos : sólo Alí cerró los ojos a los oídos a todo, y arremetiendo al cadí, le dio una tal cuchillada en la cabeza, que si no fuera por la defensa que hicieron cien varas de toca con que venía ceñida, sin duda se la partiera por medio; pero con todo esto le derribó entre los bancos del bajel, y al caer dijo el cadí :

n'était pas un chrétien mais ce même Ali-pacha, amoureux de Leonisa, et qui, dans la même intention que Hassan, avait guetté son passage et fait revêtir à ses soldats des habits chrétiens pour n'être pas reconnu et pour mieux déguiser son larcin de la sorte. Le cadi, comprenant les intentions des deux amants, traîtres l'un et l'autre, se mit à clamer leur infamie par ces mots :

« Que fais-tu, Ali-pacha, traître ? Comment peux-tu, toi, un musulman, toi, un Turc, m'attaquer par surprise sous les couleurs chrétiennes ? Et vous, traîtres conduits par Hassan, quel démon vous a poussés à commettre un si grand crime ? Comment pouvez-vous, pour assouvir les appétits lascifs de celui qui vous envoie, vous dresser contre celui que le ciel vous a donné pour maître ? »

À ces mots, tous baissèrent les armes, se regardèrent et se reconnurent, car tous avaient servi sous le même commandement et s'étaient battus sous la même bannière et, plongés dans la confusion par les arguments du cadi et par la conscience de leur faute, ils sentirent s'émousser le tranchant de leur cimeterre et leur âme fléchir. Seul Ali, fermant à tout cela les yeux et les oreilles, s'élança sur le cadi, et lui porta un tel coup de lame sur la tête que, n'eussent été les cent plis du turban qui ceignait son front, il la lui eût sans doute fendue ; mais ainsi il le précipita entre les bancs du vaisseau, et le cadi, en tombant, lui lança :

– ¡Oh cruel renegado, enemigo de mi profeta! ¿Y es posible que no ha de haber quien castigue tu crueldad y tu grande insolencia? ¿Cómo, maldito, has osado poner las manos y las armas en tu cadí, y en un ministro de Mahoma?

Estas palabras añadieron fuerza a fuerza a las primeras, las cuales oídas de los soldados de Hazán, y movidos de temor que los soldados de Alí les habían de quitar la presa, que ya ellos por suya tenían, determinaron de ponerlo todo en aventura; y comenzando uno y siguiéndole todos, dieron en los soldados de Alí con tanta priesa, rancor y brío, que en poco espacio los pararon tales, que, aunque eran muchos más que ellos, los redujeron a número pequeño; pero los que quedaron, volviendo sobre sí, vengaron a sus compañeros, no dejando de los de Hazán apenas cuatro con vida, y ésos muy malheridos.

Estábanlos mirando Ricardo y Mahamut, que de cuando en cuando sacaban la cabeza por el escotillón de la cámara de popa, por ver en qué paraba aquella grande herrería que sonaba; y viendo como los turcos estaban casi todos muertos, y los vivos malheridos, y cuán fácilmente se podía dar cabo de todos, llamó a Mahamut y a dos sobrinos de Halima, que ella había hecho embarcar consigo para que ayudasen a levantar el bajel, y con ellos y con su padre, tomando alfanjes de los muertos,

« Ô renégat cruel ! Ennemi de mon prophète ! Est-il possible qu'il ne se trouve personne pour châtier ta cruauté et ta grande insolence ? Comment, maudit, as-tu osé lever le bras et les armes contre ton cadi, contre un ministre de Mahomet ? »

Ces paroles vinrent ajouter leur pouvoir à celui des précédentes, et quand les soldats de Hassan les entendirent, mus par la crainte que les soldats d'Ali ne leur ravissent le butin qu'ils considéraient déjà comme leur bien, ils risquèrent le tout pour le tout ; et l'un d'eux s'élança, suivi de tous les autres, sur les soldats d'Ali avec tant de fougue, de rancœur et de résolution qu'en quelques instants ils les mirent à mal au point qu'il ne resta plus qu'une poignée de ceux qui, pourtant, les dépassaient en nombre ; mais ceux qui résistèrent, réagissant, vengèrent leurs compagnons, et ne laissèrent en vie, encore que grièvement blessés, que quatre hommes de Hassan.

Ricardo et Mahamoud mettaient de temps en temps la tête à l'écoutille du gaillard d'arrière pour voir ce qu'il advenait de la grande échauffourée retentissante ; quand Ricardo s'avisa que presque tous les Turcs étaient morts et les vivants si mal en point que l'on pourrait aisément en venir à bout, il appela à la rescousse Mahamoud et les deux neveux de Halima que celle-ci avait fait monter à bord pour qu'ils l'aidassent à provoquer la mutinerie. Avec eux et le père de Halima, il s'empara des cimeterres de ceux qui avaient péri ;

saltaron en crujía, y apellidando «Libertad, libertad», y ayudados de las buenas boyas, cristianos griegos, con facilidad y sin recebir herida, los degollaron a todos, y pasando sobre la galeota de Alí, que sin defensa estaba, la rindieron y ganaron con cuanto en ella venía. De los que en el segundo encuentro murieron, fue de los primeros Alí Bajá, que un turco, en venganza del cadí, le mató a cuchilladas.

Diéronse luego todos, por consejo de Ricardo, a pasar cuantas cosas había de precio en su bajel y en el de Hazán a la galeota de Alí, que era bajel mayor y acomodado para cualquier cargo o viaje, y ser los remeros cristianos, los cuales, contentos con la alcanzada libertad y con muchas cosas que Ricardo repartió entre todos, se ofrecieron de llevarle hasta Trápana, y aun hasta el cabo del mundo si quisiese. Y con esto Mahamut y Ricardo, llenos de gozo por el buen suceso, se fueron a la mora Halima y le dijeron que, si quería volverse a Chipre, que con las buenas boyas le armarían su mismo bajel, y le darían la mitad de las riquezas que había embarcado; mas ella, que en tanta calamidad aún no había perdido el cariño y amor que a Ricardo tenía, dijo que quería irse con ellos a tierra de cristianos, de lo cual sus padres se holgaron en extremo.

ensemble, ils bondirent sur le pont au cri de « Liberté ! Liberté ! », et avec le renfort des vaillants Grecs chrétiens de l'équipage, sans grande difficulté et sans être blessés, ils égorgèrent les Turcs, passèrent sur la galiote d'Ali qui était sans défense et s'en emparèrent, avec tout ce qu'elle contenait. Parmi ceux qui les premiers tombèrent au cours de ce second combat se trouva Ali-pacha, qu'un Turc, pour venger le cadi, perça de coups.

Aussitôt après, sur l'avis de Ricardo, les vainqueurs transportèrent tout ce qu'il y avait de précieux dans le bateau du cadi et dans celui de Hassan sur la galiote d'Ali, qui était le plus grand des trois vaisseaux, le mieux équipé pour le transport des marchandises et des passagers, et dont les rameurs étaient chrétiens ; ceux-ci, heureux de la liberté qui leur était donnée avec maintes autres choses que Ricardo partagea entre eux, s'offrirent de le conduire jusqu'à Trapani, et même au bout du monde, s'il le voulait. Alors, Mahamoud et Ricardo, tout heureux de leur triomphe, allèrent trouver la Mauresque Halima et lui dirent que si elle voulait retourner à Chypre, ils lui donneraient un bon équipage pour armer son vaisseau et la moitié des richesses dont elle avait chargé le navire ; mais elle, qui dans ce grand revers de fortune n'avait pas perdu sa tendresse et son amour pour Ricardo, dit qu'elle préférait aller avec eux en terre chrétienne, ce dont ses parents se montrèrent extrêmement heureux.

El cadí volvió de su acuerdo, y le curaron como la ocasión les dio lugar, a quien también dijeron que escogiese una de dos : o que se dejase llevar a tierra de cristianos, o volverse en su mismo bajel a Nicosia. El respondió que, ya que la fortuna le había traído a tales términos, les agradecía la libertad que le daban, y que quería ir a Constantinopla a quejarse al Gran Señor del agravio que de Hazán y de Alí había recebido; mas cuando supo que Halima le dejaba y se quería volver cristiana, estuvo en poco de perder el juicio. En resolución, le armaron su mismo bajel y le proveyeron de todas las cosas necesarias para su viaje, y aun le dieron algunos cequíes de los que habían sido suyos, y despidiéndose de todos con determinación de volverse a Nicosia, pidió antes que se hiciese a la vela que Leonisa le abrazase, que aquella merced y favor sería bastante para poner en olvido toda su desventura. Todos suplicaron a Leonisa diese aquel favor a quien tanto la quería, pues en ello no iría contra el decoro de su honestidad. Hizo Leonisa lo que le rogaron, y el cadí le pidió le pusiese las manos sobre la cabeza, por que él llevase esperanzas de sanar de su herida; en todo le contentó Leonisa. Hecho esto, y habiendo dado un barreno al bajel de Hazán, favoreciéndoles un levante fresco que parecía que llamaba las velas para entregarse en ellas, se las dieron,

Le cadi reprit connaissance, on lui prodigua tous les soins que la circonstance permit, et on lui demanda également de choisir entre deux possibilités : ou se laisser conduire en terre chrétienne, ou retourner à Nicosie sur son navire. Il répondit que puisque la fortune l'avait réduit à de telles extrémités, il les remerciait de la liberté qu'ils lui accordaient, et qu'il préférait se rendre à Constantinople pour demander au Grand Seigneur réparation du tort que lui avaient fait Hassan et Ali ; mais quand il apprit que Halima le quittait et désirait redevenir chrétienne, il faillit en perdre la raison. En définitive, on arma son navire en le pourvoyant de tout ce qui était nécessaire à son voyage et on lui laissa en outre une partie des sequins qu'il avait pris avec lui et, prêt à repartir pour Nicosie, en faisant ses adieux à tous, il demanda, avant que la voile n'eût été hissée, que Leonisa lui donnât un baiser, grâce et faveur qui suffiraient à lui faire oublier toutes ses mésaventures. Tous prièrent Leonisa d'accorder cette faveur à celui qui l'aimait tant, puisque, en y consentant, elle ne ferait rien de contraire à son honneur. Leonisa se rendit à leurs prières, et le cadi lui demanda d'imposer les mains sur sa tête, afin qu'il partît avec l'espérance de guérir sa blessure ; Leonisa y consentit encore. Quand cela fut accompli, après avoir percé la coque du navire de Hassan, ils livrèrent les voiles au jeu auquel semblait les convier un frais et propice vent d'est,

y en breves horas perdieron de vista al bajel del cadí, el cual, con lágrimas en los ojos, estaba mirando cómo se llevaban los vientos su hacienda, su gusto, su mujer y su alma.

Con diferentes pensamientos de los del cadí navegaban Ricardo y Mahamut; y así, sin querer tocar en tierra en ninguna parte, pasaron a la vista de Alejandría de golfo lanzado, y sin amainar velas, y sin tener necesidad de aprovecharse de los remos llegaron a la fuerte isla del Corfú, donde hicieron agua, y luego sin detenerse pasaron por los infamados riscos Acroceraunos, y desde lejos al segundo día descubrieron a Paquino, promontorio de la fertilísima Tinacria, a la vista de la cual y de la insigne isla de Malta volaron, que no con menos ligereza navegaba el dichose leño.

En resolución, bajando la isla, de allí a cuatro días descubrieron la Lampadosa, y luego la isla donde se perdieron, con cuya vista se estremeció toda, viniéndole a la memoria el peligro en que en ella se había visto; otro día vieron delante de sí la deseada y amada patria; renovóse la alegría en sus corazones, alborotáronse sus espíritus con el nuevo contento, que es uno de los mayores que en esta vida se puede tener,

1. Harry Sieber, citant l'édition Schevill et Bonilla des *Nouvelles exemplaires*, donne, pour *de golfo lanzado* l'explication suivante : « Golfe traversé rapidement, sans aucune escale. »

2. L'*Enciclopedia universal ilustrada José Espasa e Hijos* indique : « Promontoire situé au n. o. de l'Épire, où s'achèvent les monts Cérauniens [...] qui s'étendent en direction du s. e., tout au long

et en quelques courtes heures perdirent de vue le brigantin du cadi qui, les larmes aux yeux, voyait le vent emporter ses biens, son plaisir, son épouse et son âme.

Ricardo et Mahamoud naviguaient avec des pensées bien différentes de celles du cadi ; sans vouloir aborder nulle part, ils passèrent en vue d'Alexandrie [1], et sans amener les voiles, sans même devoir recourir aux rames atteignirent l'île fortifiée de Corfou, où ils firent de l'eau, puis ils doublèrent rapidement les roches acrocérauniennes [2] de sinistre réputation et, le lendemain, découvrirent Paquino, promontoire de la très fertile Trinacrie [3], et volèrent sur l'onde entre elle et l'insigne île de Malte, car la nef fortunée ne voguait pas avec moins de légèreté.

Après qu'ils eurent longé pendant quatre jours les côtes de l'île, ils découvrirent Lampedusa à l'horizon et, plus loin, l'île où ils avaient fait naufrage, dont la vue fit frémir Leonisa en lui rappelant le péril qu'elle y avait couru ; le lendemain ils aperçurent devant eux leur bien-aimée et très désirée patrie ; l'allégresse se ranima dans leurs cœurs et leurs esprits furent animés par le bonheur inouï, l'un des plus grands que la vie puisse nous accorder,

de la côte, redoutée à cause des tempêtes soudaines et de l'absence de tout abri ; les vents sont particulièrement violents dans le canal d'Otrante qui sépare la Grèce de l'Italie. »

3. Ancien nom donné à la Sicile, du grec *Trinakria*, formé de *treis*, trois, et d'*akria*, sommets, ceux de ses trois caps ou promontoires de l'île : Lilybée à l'o., Pelore au n. e., et Pachynum au s. e.

llegar después de luengo cautiverio salvo y sano a la patria. Y al que a éste se le puede igualar es el que se recibe de la vitoria alcanzada de los enemigos.

Habíase hallado en la galeota una caja llena de banderetas y flámulas de diversas colores de sedas, con las cuales hizo Ricardo adornar la galeota. Poco después de amanecer sería, cuando se hallaron a menos de una legua de la ciudad, y bogando a cuarteles, y alzando de cuando en cuando alegres voces y gritos, se iban llegando al puerto, en el cual en un instante pareció infinita gente del pueblo, que habiendo visto cómo aquel bien adornado bajel tan de espacio se llegaba a tierra, no quedó gente en toda la ciudad que dejase de salir a la marina.

En este entretanto había Ricardo pedido y suplicado a Leonisa que se adornase y vistiese de la misma manera que cuando entró en la tienda de los bajaes, porque quería hacer una graciosa burla a sus padres. Hízolo así, y añadiendo galas a galas, perlas a perlas, y belleza a belleza, que suele acrecentarse con el contento, se vistió de modo que de nuevo causó admiración y maravilla. Vistióse asimismo Ricardo a la turquesca, y lo mismo hizo Mahamut y todos los cristianos del remo,

d'arriver sain et sauf, après une longue captivité, dans sa patrie. Et s'il est un bonheur qui puisse lui être comparé, c'est celui que nous donne la victoire remportée sur l'ennemi [1].

Comme on avait trouvé dans la galiote tout un coffre de bannières et d'oriflammes en soies de couleur, Ricardo en fit orner le navire. Le jour venait à peine de se lever quand ils se trouvèrent à moins d'une lieue de la ville ; alors, n'avançant qu'avec les hommes de quart à la nage et poussant de temps à autre des exclamations et des cris joyeux, ils gagnèrent le port, où en un instant apparut une infinité de citadins qui avaient remarqué de quelle allure majestueuse ce navire bien orné accostait, si bien qu'aucun des habitants de la ville ne manqua de se rendre sur le rivage.

Entre-temps, Ricardo avait prié et supplié Leonisa de se vêtir et de se parer comme elle l'avait fait pour entrer dans la tente des pachas, parce qu'il voulait jouer un aimable tour à ses parents. Elle le fit, et ajoutant parures à parures, perles à perles et beauté à beauté, puisque celle-ci grandit avec le bonheur, elle se vêtit si bien qu'elle suscita de nouveau admiration et émerveillement. Ricardo s'habilla lui aussi à la turque, et Mahamoud et tous les chrétiens de l'équipage firent de même,

1. Ces deux grands bonheurs ne peuvent manquer d'évoquer le retour de Cervantes dans sa patrie après les années de captivité et la victoire de Lépante.

que para todos hubo en los vestidos de los turcos muertos.

Cuando llegaron al puerto serían las ocho de la mañana, que tan serena y clara se mostraba, que parecía que estaba atenta mirando aquella alegre entrada. Antes de entrar en el puerto hizo Ricardo disparar las piezas de la galeota, que eran un cañón de crujía y dos falconetes; respondió la ciudad con otras tantas.

Estaba toda la gente confusa, esperando llegase el bizarro bajel; pero cuando vieron de cerca que era turquesco, porque se divisaban los blancos turbantes de los que moros parecían, temerosos y con sospecha de algún engaño, tomaron las armas y acudieron al puerto todos los que en la ciudad son de milicia, y la gente de a caballo se tendió por toda la marina; de todo lo cual recibieron gran contento los que poco a poco se fueron llegando hasta entrar en el puerto, dando fondo junto a tierra, y arrojando en ella la plancha, soltando a una los remos, todos, uno a uno, como en procesión, salieron a tierra, la cual con lágrimas de alegría besaron una y muchas veces, señal clara que dio a entender ser cristianos que con aquel bajel se habían alzado. A la postre de todos salieron el padre y madre de Halima, y sus dos sobrinos, todos, como está dicho, vestidos a la turquesca;

car tous trouvèrent des costumes parmi les dépouilles des Turcs morts au combat.

Ils touchèrent au port vers les huit heures d'un matin si clair et si serein qu'il semblait attentif à leur heureuse arrivée. Avant d'entrer dans le port, Ricardo fit tirer une salve des pièces d'artillerie de la galiote, savoir le canon du passavant et les deux fauconneaux, à laquelle celles de la citadelle répondirent par autant de coups.

À terre, tous étaient en émoi, à guetter l'arrivée du navire qui arborait tant de couleurs ; mais quand, de près, ils crurent qu'il était turc en apercevant les turbans blancs de ceux qui avaient pris l'apparence des Maures, inquiets et soupçonnant quelque ruse, ils prirent les armes ; ceux qui faisaient partie de la milice accoururent sur le quai et la cavalerie se déploya sur le rivage ; tout cela fut accueilli avec grand contentement par ceux qui arrivaient et entraient enfin au port, touchant fond près du rivage, où ils lancèrent la passerelle, lâchant l'un après l'autre les rames et tous, comme en procession, un par un, descendirent à terre, laquelle ils baisèrent avec des larmes de joie, et baisèrent encore, signe qui indiqua clairement qu'il s'agissait de chrétiens mutinés et maîtres du navire. Après tous les autres, sortirent du vaisseau le père et la mère de Halima, et ses deux neveux, tous, comme nous l'avons dit, habillés à la turque,

hizo fin y remate la hermosa Leonisa, cubierto el rostro con un tafetán carmesí; traíanla en medio Ricardo y Mahamut, cuyo espectáculo llevó tras sí los ojos de toda aquella infinita multitud que los miraba.

En llegando a tierra hicieron como los demás, besándola postrados por el suelo. En esto llegó a ellos el capitán y gobernador de la ciudad, que bien conoció que eran los principales de todos; mas apenas hubo llegado cuando conoció a Ricardo, y corrió con los brazos abiertos y con señales de grandísimo contento a abrazarle. Llegaron con el gobernador Cornelio y su padre, y los de Leonisa con todos sus parientes, y los de Ricardo, que todos eran los más principales de la ciudad. Abrazó Ricardo al gobernador, y respondió a todos los parabienes que le daban; trabó de la mano a Cornelio, el cual, como le conoció y se vio asido dél, perdió la color del rostro, y casi comenzó a temblar de miedo, y teniendo asimismo de la mano a Leonisa, dijo :

– Por cortesía os ruego, señores, que antes que entremos en la ciudad y en el templo a dar las debidas gracias a Nuestro Señor de las grandes mercedes que en nuestra desgracia nos ha hecho, me escuchéis ciertas razones que deciros quiero.

A lo cual el gobernador respondió que dijese lo que quisiese, que todos le escucharían con gusto y con silencio.

et enfin, et en couronnement, entre Ricardo et Mahamoud, le visage couvert d'un masque de taffetas cramoisi, la belle Leonisa, dont la vue éblouit l'immense foule qui les contemplait.

En arrivant à terre, ils firent comme tous les autres, s'y prosternèrent, et la baisèrent. Alors vint à eux le commandant gouverneur de la ville, qui les distingua aisément, mais il les avait à peine rejoints qu'il reconnaissait Ricardo et s'élançait vers lui les bras ouverts pour l'embrasser en donnant toutes les marques de la plus grande joie. Avec le gouverneur vinrent Cornelio et son père, les parents de Leonisa et tous ses proches, et ceux de Ricardo, c'est-à-dire les plus éminents personnages de la ville. Ricardo embrassa le gouverneur et lui retourna tous les compliments qu'il reçut de lui ; il prit par la main Cornelio qui, le reconnaissant et se voyant ainsi saisi, blêmit et fut pris d'un tremblement de crainte ; alors Ricardo, sans lâcher la main de Leonisa, dit :

« Je vous prie, Messeigneurs, de me faire l'honneur, avant que nous entrions dans la ville et que nous nous rendions à l'église pour remercier Notre-Seigneur des grandes faveurs qu'en notre disgrâce Il nous a accordées, d'écouter certains propos que je voudrais tenir. »

Le gouverneur l'invita en réponse à dire ce qu'il voulait, ajoutant que tous l'écouteraient avec plaisir et en silence.

Rodeáronle luego todos los más de los principales, y él, alzando un poco la voz, dijo desta manera :

– Bien se os debe acordar, señores, de la desgracia que algunos meses ha en el jardín de las Salinas me sucedió con la pérdida de Leonisa; también no se os habrá caído de la memoria la diligencia que yo puse en procurar su libertad, pues, olvidándome del mío, ofrecí por su rescate toda mi hacienda, aunque ésta, que al parecer fue liberalidad, no puede ni debe redundar en mi alabanza, pues la daba por el rescate de mi alma. Lo que después acá a los dos ha sucedido requiere para más tiempo otra sazón y coyuntura, y otra lengua no tan turbada como la mía; basta deciros por ahora que, después de varios y extraños acaescimientos, y después de mil perdidas esperanzas de alcanzar remedio de nuestras desdichas, el piadoso cielo, sin ningún merecimiento nuestro, nos ha vuelto a la deseada patria, cuanto llenos de contento, colmados de riquezas; y no nace dellas ni de la libertad alcanzada el sin igual gusto que tengo, sino del que imagino que tiene ésta en paz y en guerra dulce enemiga mía, así por verse libre, como por ver, como ve, el retrato de su alma; todavía me alegro de la general alegría que tienen los que me han sido compañeros en la miseria.

Aussitôt tout ce que la ville comptait d'important entoura Ricardo qui, élevant un peu la voix, s'exprima de la sorte :

« Vous devez bien vous souvenir, Messeigneurs, de l'infortune qui m'échut voici quelques mois dans le jardin des salines, et du rapt de Leonisa ; vous n'aurez pas oublié non plus l'empressement que je mis à obtenir sa liberté, puisque, oubliant la mienne, j'offris pour sa rançon tout ce que je possède, ce qui a pu paraître généreux mais qui ne doit pas me valoir d'éloges, puisque je l'offris pour le salut de mon âme. Dire ce qui depuis est arrivé à l'un et à l'autre demanderait plus de loisir que l'heure et la circonstance présentes ne nous en donnent et une langue moins gourde que ne l'est à présent la mienne ; il suffira pour lors que je vous dise qu'après divers événements étranges, après avoir mille fois perdu toute espérance de porter remède à nos malheurs, le ciel miséricordieux, bien que nous ne l'ayons nullement mérité, nous a ramenés à la patrie après laquelle nous avons tant langui, aussi comblés de bonheur que de richesses ; et ce n'est pas de celles-ci ni de la liberté recouvrée que me vient le plaisir sans pareil qui est le mien, mais de l'idée que je me fais de celui que ma plus douce ennemie dans la trêve comme dans le combat doit éprouver à se voir libre et à voir, comme elle le voit, le reflet de son âme ; et je me réjouis encore de l'allégresse de tous ceux qui ont été mes compagnons de misère.

Y aunque las desventuras y tristes acontecimientos suelen mudar las condiciones y aniquilar los ánimos valerosos, no ha sido así con el verdugo de mis buenas esperanzas; porque con más valor y entereza que buenamente decirse puede, ha pasado el naufragio de sus desdichas y los encuentros de mis ardientes cuanto honestas importunaciones; en lo cual se verifica que mudan el cielo, y no las costumbres, los que en ellas tal vez hicieron asiento. De todo esto que he dicho quiero inferir que yo le ofrecí mi hacienda en rescate, y le di mi alma en mis deseos; di traza en su libertad y aventuré por ella, más que por la mía, la vida; y todos estos que en otro sujeto más agradecido pudieran ser cargos de algún momento, no quiero yo que lo sean; sólo quiero lo sea éste en que te pongo ahora.

Y diciendo esto, alzó la mano y con honesto comedimiento quitó el antifaz del rostro de Leonisa, que fue como quitarse la nube que tal vez cubre la hermosa claridad del sol, y prosiguió diciendo :

– Ves aquí, ¡oh Cornelio!, te entrego la prenda que tú debes de estimar sobre todas las cosas que son dignas de estimarse; y ves aquí tú, ¡hermosa Leonisa!, te doy al que tú siempre has tenido en la memoria. Esta sí quiero que se tenga por liberalidad, en cuya comparación dar la hacienda,

Et si les mésaventures et les hasards malheureux le plus souvent altèrent le tempérament et détruisent les âmes valeureuses, il n'en est pas allé ainsi avec celle du bourreau de mes belles espérances ; car avec plus de courage et plus d'intégrité qu'on ne le saurait dire, elle a su endurer son malheureux naufrage et les assauts de mes ardentes autant qu'honnêtes importunités ; ce qui démontre que ceux qui s'en tiennent à leurs mœurs réformeront plutôt le ciel que celles-ci. De ce que j'ai dit, je veux tirer une conséquence ; j'ai offert tout ce que je possède pour racheter Leonisa, je lui ai livré mon âme en mes désirs, j'ai tracé la voie à sa délivrance et pour la sienne plus que pour la mienne risqué ma vie ; toutes choses qui pourraient créer une obligation à une âme plus reconnaissante, mais je ne voudrais pas qu'il en soit ainsi ; je voudrais seulement qu'il n'y ait d'autre obligation que celle que je propose. »

Tout en disant cela, il leva la main et avec une retenue pudique ôta le masque qui couvrait le visage de Leonisa, et ce fut comme s'il écartait les nuages qui parfois couvrent le merveilleux éclat du soleil, et il poursuivit en disant :

« Vois, ô Cornelio ! Je te remets le trésor que tu dois estimer plus que toutes choses dignes d'estime, et toi aussi, belle Leonisa, vois, je te donne à celui que tu n'as pu oublier. C'est là ce que je voudrais que l'on considérât comme de la générosité, en comparaison de quoi offrir son bien,

la vida y la honra no es nada. Recíbela, ¡oh venturoso mancebo!, recíbela, y si llega tu conocimiento a tanto que llegue a conocer valor tan grande, estímate por el más venturoso de la tierra. Con ella te daré asimismo todo cuanto me tocare de parte en lo que a todos el cielo nos ha dado, que bien creo que pasará de treinta mil escudos; de todo puedes gozar a tu sabor con libertad y quietud y descanso, y plega al cielo que sea por luengos y felices años. Yo sin ventura, pues quedo sin Leonisa, gusto de quedar pobre, que a quien Leonisa le falta, la vida le sobra.

Y en diciendo esto calló, como si al paladar se le hubiera pegado la lengua; pero desde allí a un poco, antes que ninguno hablase, dijo :

– ¡Válame Dios, y cómo los apretados trabajos turban los entendimientos! Yo, señores, con el deseo que tengo de hacer bien, no he mirado lo que he dicho, porque no es posible que nadie pueda demostrarse liberal de lo ajeno : ¿qué jurisdic[c] ión tengo yo en Leonisa para darla a otro? O ¿cómo puedo ofrecer lo que está tan lejos de ser mío? Leonisa es suya, y tan suya, que, a faltarle sus padres, que felices años vivan, ningún opósito tuviera a su voluntad; y si se pudieran poner las obligaciones que como discreta debe de pensar

sa vie et son honneur n'est rien. Prends-la, heureux jeune homme; prends-la! Et si ton esprit s'élève jusqu'à apprécier une valeur aussi grande, tu pourras t'estimer le plus heureux du monde. Avec elle je te donnerai aussi quand je la recevrai toute la part qui me revient de ce que le ciel nous a accordé, et qui dépassera, il me semble bien, trente mille écus; de tout cela, tu peux jouir à ton aise, en toute liberté, serein et confiant, et plaise au ciel que ce soit pour de longues et heureuses années. Moi, privé de bonheur, car je reste sans Leonisa, je préfère demeurer pauvre, puisque à qui manque Leonisa, la vie est de trop.»

À ces mots il s'interrompit, comme si sa langue s'était collée à son palais; mais peu après, voyant que personne ne disait mot, il s'écria :

«Secourez-moi, Seigneur! Comme les peines endurées troublent l'entendement! Malgré tout mon désir de bien faire, je n'ai pas pesé, Messeigneurs, ce que j'ai dit, puisque nul ne peut se montrer généreux avec ce qui ne lui appartient pas. Quel droit ai-je sur Leonisa pour la donner à un autre? Ou plutôt, comment puis-je offrir ce qui est si loin d'être mien? Leonisa s'appartient, et elle s'appartient si bien que, privée de ses parents — que le ciel les garde, et de nombreuses et heureuses années —, sa volonté serait sans obstacle; quant aux obligations envers moi qui pourraient être invoquées, et qu'en sa délicatesse elle croit

que me tiene, desde aquí las borro, las cancelo y doy por ningunas; y así de lo dicho me desdigo, y no doy a Cornelio nada, pues no puedo; sólo confirmo la manda de mi hacienda hecha a Leonisa, sin querer otra recompensa sino que tenga por verdaderos mis honestos pensamientos, y que crea dellos que nunca se encaminaron ni miraron a otro punto que el que pide su incomparable honestidad, su grande valor e infinita hermosura.

Calló Ricardo en diciendo esto, a lo cual Leonisa respondió en esta manera :

– Si algún favor, ¡oh Ricardo!, imaginas que hice a Cornelio en el tiempo que tú andabas de mí enamorado y celoso, imagina que fue tan honesto como guiado por la voluntad y orden de mis padres, que, atentos a que le moviesen a ser mi esposo, permitían que se los diese ; si quedas desto satisfecho, bien lo estarás de lo que de mí te ha mostrado la experiencia cerca de mi honestidad y recato. Esto digo por darte a entender, Ricardo, que siempre fui mía, sin estar sujeta a otro que a mis padres, a quien ahora humildemente, como es razón, suplico que me den licencia y libertad para disponer [de] la que tu mucha valentía y liberalidad me ha dado.

Sus padres dijeron que se la daban, porque

sans doute m'avoir, dès à présent je les efface, et les considère comme nulles et non avenues; et de tout ce que j'ai dit je me dédie, et je ne donne rien à Cornelio, puisque je ne le puis; je confirme seulement la donation de mon bien que j'ai faite à Leonisa, et tout ce que je veux d'elle, en remerciement, c'est qu'elle tienne pour vraies mes honnêtes pensées, et soit assurée que jamais celles-ci ne dévieront de la route et de la vue qui sont celles de son incomparable vertu, de son grand mérite et de son infinie beauté.»

Ricardo se tut sur ces mots, auxquels Leonisa répondit de la sorte :

«Si tu crois, ô Ricardo, que j'ai accordé à Cornelio quelque faveur, au temps où tu étais amoureux de moi et jaloux, sache qu'elle était une chaste faveur, guidée par la volonté et l'autorité de mes parents qui, dans leur souci d'encourager Cornelio à demander ma main, souffraient que je la lui accordasse ; si de cela tu peux te satisfaire, tu pourras l'être aussi par ce que l'expérience t'a révélé de ma vertu et de ma pudeur. Je dis cela pour te faire entendre, Ricardo, que je me suis toujours appartenu, sans être soumise à nul autre qu'à mes parents, lesquels je supplie à présent, comme il se doit, de me donner la permission et la liberté de disposer de celle que m'ont rendue ta grande vaillance et ta générosité.»

Ses parents dirent qu'ils la lui accordaient, car

fiaban de su discreción que usaría della de modo que siempre redundase en su honra y en su provecho.

– Pues con esa licencia –prosiguió la discreta Leonisa– quiero que no se me haga de mal mostrarme desenvuelta, a trueque de no mostrarme desagradecida; y así, ¡oh valiente Ricardo!, mi voluntad, hasta aquí recatada, perpleja y dudosa, se declara en favor tuyo; porque sepan los hombres que no todas las mujeres son ingratas, mostrándome yo siquiera agradecida. Tuya soy, Ricardo, y tuya seré hasta la muerte, si ya otro mejor conocimiento no te mueve a negar la mano que de mi esposo te pido.

Quedó como fuera de sí a estas razones Ricardo, y no supo ni pudo responder con otras a Leonisa, que con hincarse de rodillas ante ella y besarle las manos, que le tomó por fuerza muchas veces, bañándoselas en tiernas y amorosas lágrimas. Derramólas Cornelio de pesar, y de alegría los padres de Leonisa, y de admiración y de contento todos los circunstantes. Hallóse presente el obispo o arzobispo de la ciudad, y con su bendición y licencia los llevó al templo, y dispensando en el tiempo, los desposó en el mismo punto. Derramóse la alegría por toda la ciudad, de la cual dieron muestra aquella noche infinitas luminarias, y otros muchos días la dieron muchos juegos y regocijos que hicieron los parientes de Ricardo y de Leonisa.

ils étaient certains que son bon sens en userait d'une manière qui ne manquerait pas d'être toute à son honneur et à son avantage.

«Eh bien, avec cette permission, poursuivit l'avisée Leonisa, qu'on ne me blâme point de me montrer hardie pour ne pas me montrer ingrate; voici, ô vaillant Ricardo, que ma volonté, jusqu'alors réservée, hésitante et incertaine, se déclare en ta faveur; pour que les hommes sachent que toutes les femmes ne sont pas ingrates, je me montrerai, moi, reconnaissante. Je suis tienne, Ricardo, et tienne je serai jusqu'à ma mort, si de plus grandes clartés ne te poussent à refuser la main de l'époux que je te demande.»

À ces propos, Ricardo demeura comme hors de lui, et ne sut ni ne put adresser d'autre réponse à Leonisa que de s'agenouiller devant elle et de lui baiser les mains, qu'il lui prit de force à plusieurs reprises, les baignant de douces et amoureuses larmes. Celles que versa Cornelio furent de dépit, celles des parents de Leonisa, de joie, et celles des assistants d'admiration et de contentement. Se trouvait là l'évêque ou l'archevêque de la ville qui leur donna sa bénédiction et son autorisation, les conduisit à l'église et, les dispensant des délais, les maria sur-le-champ. L'allégresse se répandit dans la ville entière, qui fut brillamment illuminée tout au long de la nuit, et où se déroulèrent pendant plusieurs jours de nombreuses fêtes et réjouissances que donnèrent les parents de Ricardo et de Leonisa.

Reconciliáronse con la Iglesia, Mahamut y Halima, la cual imposibilitada de cumplir el deseo de verse esposa de Ricardo, se contentó con serlo de Mahamut. A sus padres y a los sobrinos de Halima dio la liberalidad de Ricardo, de las partes que le cupieron del despojo, suficientemente con que viviesen. Todos, en fin, quedaron contentos, libres y satisfechos, y la fama de Ricardo, saliendo de los términos de Sicilia, se extendió por todos los de Italia y de otras muchas partes, debajo del nombre del *amante liberal,* y aun hasta hoy dura en los muchos hijos que tuvo en Leonisa, que fue ejemplo raro de discreción, honestidad, recato y hermosura.

Mahamoud et Halima se réconcilièrent avec l'Église, et dans l'impossibilité de réaliser son désir d'être l'épouse de Ricardo, Halima se contenta d'être celle de Mahamoud. Au père, à la mère et aux neveux de celle-ci, la générosité de Ricardo accorda une part du butin suffisante pour qu'ils puissent vivre comme ils le souhaitaient. Tous, enfin, demeurèrent contents, libres et heureux, et la renommée de Ricardo, franchissant les limites de la Sicile, s'étendit à toute l'Italie et à bien d'autres contrées, sous le nom de l'*amant généreux*, que perpétuent encore de nos jours les nombreux enfants qu'il eut de Leonisa, ce rare exemple d'intelligence, de vertu, d'honnêteté et de beauté.

DU MÊME AUTEUR
DANS LA COLLECTION FOLIO

Don Quichotte de la Manche (tome I, n° 1900 ; tome II, n° 1901)
Nouvelles exemplaires (n° 1256)

Dans la collection Folio Bilingue

Novelas ejemplares/Nouvelles exemplaires (choix)
Folio Bilingue n° 11

DANS LA MÊME COLLECTION

ANGLAIS

CAPOTE *One Christmas / The Thanksgiving visitor* / Un Noël / L'invité d'un jour

CONRAD *Typhoon* / Typhon

CONRAD *Youth* / Jeunesse

DAHL *The Princess and the Poacher / Princess Mammalia* / La Princesse et le braconnier / La Princesse Mammalia

FAULKNER *As I lay dying* / Tandis que j'agonise

JAMES *Daisy Miller* / Daisy Miller

JOYCE *A Painful Case / The Dead* / Un cas douloureux / Les morts

KIPLING *Wee Willie Winkie* / Wee Willie Winkie

LAWRENCE *The Virgin and the Gipsy* / La vierge et le gitan

LOVECRAFT *The Dunwich Horror* / L'horreur de Dunwich

MELVILLE *Benito Cereno* / Benito Cereno

ORWELL *Animal Farm* / La ferme des animaux

POE *Mystification and other tales* / Mystification et autres contes

STEVENSON *The strange case of Dr Jekyll and Mr Hyde* / L'étrange cas du Dr Jekyll et M. Hyde

SWIFT *A voyage to Lilliput* / Voyage à Lilliput

UHLMAN *Reunion* / L'ami retrouvé

WELLS *The Time Machine* / La Machine à explorer le temps

WILDE *Lord Arthur Savile's crime* / Le crime de Lord Arthur Savile

ALLEMAND

BÖLL *Der Zug war pünktlich* / Le train était à l'heure

CHAMISSO *Peter Schlemihls wundersame Geschichte* / L'étrange histoire de Peter Schlemihl

EICHENDORFF *Aus dem Leben eines Taugenichts* / Scènes de la vie d'un propre-à-rien

FREUD *Eine Kindheitserinnerung des Leonardo da Vinci* / Un souvenir d'enfance de Léonard de Vinci

GOETHE *Die Leiden des jungen Werther* / Les souffrances du jeune Werther

GRIMM *Märchen* / Contes

HANDKE *Die Lehre der Sainte-Victoire* / La leçon de la Sainte-Victoire

HOFMANNSTHAL *Andreas* / Andréas

KAFKA *Die Verwandlung* / La métamorphose

KAFKA *Brief an den Vater* / Lettre au père

KLEIST *Die Marquise von O...* / *Der Zweikampf* / La marquise d'O... / Le duel

MANN *Tonio Kröger* / Tonio Kröger

RUSSE

DOSTOÏEVSKI *Записки из подполья* / Carnets du sous-sol

DOSTOÏEVSKI *Кроткая* / *Сон смешного человека* / Douce / Le songe d'un homme ridicule

GOGOL *Записки сумасшедшего* / *Нос* / *Шинель* / Le journal d'un fou / Le nez / Le manteau

TCHÉKHOV *Дама с собачкой* / *Архиерей* / *Невеста* / La dame au petit chien / L'évêque / La fiancée

TOLSTOÏ *Крейцерова соната* / La sonate à Kreutzer

TOURGUÉNIEV *Первая любовь* / Premier amour

ITALIEN

CALVINO *Fiabe italiane* / Contes italiens

GOLDONI *La Locandiera* / La Locandiera

MACHIAVEL *Il Principe* / Le Prince

MORAVIA *L'amore coniugale* / L'amour conjugal

PAVESE *La bella estate* / Le bel été

PIRANDELLO *Novelle per un anno (scelta)* / Nouvelles pour une année (choix)

PIRANDELLO *Novelle per un anno II (scelta)* / Nouvelles pour une année II (choix)

ESPAGNOL

BORGES *El libro de arena* / Le livre de sable

BORGES *Ficciones* / Fictions

CARPENTIER *Concierto barroco* / Concert baroque

CERVANTES *El amante liberal* / L'amant généreux

CERVANTES *Novelas ejemplares (selección)* / Nouvelles exemplaires (choix)

CORTÁZAR *Las armas secretas* / Les armes secrètes

VARGAS LLOSA *Los cachorros* / Les chiots

PORTUGAIS

MACHADO DE ASSIS *O alienista* / L'aliéniste

Composition Infoprint
Impression B.C.I.
à Saint-Amand (Cher), le 4 mai 1995
Dépôt légal : mai 1995
Numéro d'imprimeur : 1/974
ISBN 2-07-039304-6. / Imprimé en France.

70693